Petra Dannig-Orack

Die Spinne Beate

Herstellung und Verlag:
BoD – Books on Demand, Norderstedt
ISBN 9783752885125

Petra Dannig-Orack

Die Spinne Beate

Beate fährt heim

Als Beate das Gebäude verließ und auf das Taxi zulief, spielte ein Lächeln um ihren Mund. Sie war eine drahtige, auch mit Mitte fünfzig noch sehr attraktiv aussehende Frau, aber ihre Augen ließen sie streng, beherrschend wirken. Diese Augen unterstrichen dadurch allerdings nicht ihre Schönheit und ihr leichtes Lächeln, kein Anflug eines Strahlens war zu erkennen.

Sie stieg ins Taxi hinten ein, es war zwar wie immer ein ihr bekannter Fahrer, aber sie hasste persönliche Nähe zu Dienstleistern. Sie musste nichts sagen, er wusste, dass sie zum Bahnhof gefahren werden wollte. Sie besaß zwar einen luxuriösen Oberklasse Wagen, aber sie hasste es, nachts oder auf Autobahnen zu fahren. Also stand das Auto bei ihr in der Garage und sie benutzte für die 70 km zwischen den beiden Städten Bahn und Taxi.

Als das Taxi los fuhr umspielte ihren Mund immer noch dieses leichte Lächeln.

Es war wieder einmal alles prima gelaufen mit Milan. Er hatte heute wie versprochen drei junge Rumäninnen gebracht.

Sie würden zunächst zwei Wochen auf Probe und dann mindestens sechs Monate in ihrem Club arbeiten. Es war eine 18jährige mit ihrer gleichaltrigen Freundin und ihrer 19jährigen Schwester. Beates Lächeln verstärkte sich noch etwas, denn das war eine hervorragende Kombination. Sie mochte es, wenn es Abhängigkeiten zwischen den Mädchen gab, sie sich gegenseitig bei der Stange hielten und auch nicht ins Grübeln verfielen. Beate hatte deshalb schon häufiger bei einzelnen Mädchen Freundschaften gefördert und eingeleitet, weil das einfach für sie von Vorteil war. Viele Gäste liebten es auch, mit zwei Mädchen aufs Zimmer zu gehen. Das fiel den Mädchen leichter, wenn sie sich gut kannten und vertrauten.

Nachdem letzte Woche die vier bisher jüngsten Mädchen nach Ablauf der vereinbarten Frist wieder abgereist waren, war die Ankunft dieser ganz jungen Frauen sehr notwendig.

Mit Milan traf sie besonders gern Vereinbarungen. Er brachte immer ausgesprochen hübsche Mädchen, er versicherte glaubhaft, dass die Mädchen schon im Heimatland wussten, welche Arbeit hier auf sie zukommt, er legte glaubwürdige Gesundheitszeugnisse vor, er war nett zu den Mädchen, jedenfalls hatte sie nie Klagen gehört, und nicht zuletzt wurde sie von ihm zusätzlich noch gut entlohnt für die Beschäftigung der Mädchen. Es war ihr egal, dass die Mädchen von ihrem Einkommen an ihn abliefern mussten, und auch, wie viel ihnen selbst blieb.

Für die Liebhaber junger Mädchen war also mal wieder gesorgt, nun musste sie auch noch das akute Problem der oberen Altersklasse lösen. Julia und Marita wollten nicht mehr kommen, dadurch war keine Frau über 35 mehr im Club, aber es gab Kunden, die Frauen in diesem Alter bevorzugten, und es gab Stammgäste gerade dieser beiden Frauen, die ganz abzuspringen drohten. Sie brauchte also eine Lösung und zwar schnell. Ihr Lächeln war inzwischen verschwunden und ihr Gesichtsausdruck hatte eine ungewöhnliche Strenge und

Härte. Sie musste sich gleich morgen Julia vorknöpfen, die war ihr verpflichtet. Während sie überlegte, wie sie Julia zurückholen könnte, dachte sie daran zurück, wie es mit Julia begonnen hatte.

Julia hat Geldsorgen

Julia hatte sich von ihrem Mann getrennt und die Scheidung einge-reicht. Immerhin war ihr Mann so fair, ihr und den beiden 10 und 11 Jahre alten Söhnen die Wohnung zu überlassen und war ausgezogen. Allerdings bekam sie kaum finanzielle Unterstützung von ihm, nur ein bisschen für die Kinder, aber nicht für sie. Julia war eine sehr hübsche Frau von 32 Jahren. Sie war nicht gerade zierlich, sondern körperlich groß mit kräftigen Schultern und Hüften, aber mit guten Proportionen und großem Busen. Ihr schulterlanges blondes Haar umspielte ein nett anzuschauendes Gesicht, das aber trotzdem wie ihr Körper etwas wuchtig wirkte.

Auf jeden Fall zog sie die Männer an. Schon kurz nach der Geburt des jüngsten Sohnes begannen die Auseinandersetzungen mit ihrem Mann. Er hatte kaum noch Lust auf Sex, Julia war dagegen immer heiß darauf. Sie war zwar nicht hemmungslos, aber ein paarmal in der Woche wollte sie es schon wissen.

Zusätzlich war ihr Mann faul, schmiss einen Job nach dem anderen. Julia hatte immer wieder Arbeit gefunden und hatte sich immer wie-der mit anderen Männern eingelassen. Sie brauchte es einfach.

Seit einem halben Jahr arbeitete sie in einem Fitness-Studio und hatte dort bald mit dem Chef angebandelt. Der zahlte ihr dafür ein deutlich höheres Gehalt. So ließ sie ihren Mann gern ziehen, musste sie ihn schon nicht durchfüttern, für Sex und Geld schien gesorgt.

Doch wenige Wochen nachdem ihr Mann ausgezogen war, kam es auch mit ihrem Chef und Geliebten zu heftigen Auseinandersetzungen. Er hatte sich offensichtlich in eine Jüngere verknallt, er wollte keinen Sex mehr mit Julia und strich auch die zusätzlichen Zahlungen. Julia schmiss den Job hin, dort wollte sie nicht bleiben. Sie war verzweifelt, was nun?

Ihre Mutter konnte ihr auch nicht helfen mit dem kleinen Einkommen, und sie konnte dort in die winzige Wohnung auch nicht mit den Kindern einziehen.

Julia war sehr selbstbewusst und stolz, wollte alles auf eigene Faust lösen, ließ sich allerdings auch sofort gern fallen und aushalten, wenn es dazu eine Gelegenheit gab. Offenbar wirkte sie gerade in ihrer Verzweiflung nicht besonders attraktiv, denn kein Kerl biss an, keiner machte Annäherungsversuche, was sonst für sie ganz normal war. Es lief nichts, nicht beim Einkaufsbummel, nicht im Café , nicht abends vorm Kino oder in einer Bar. Für Discos war sie langsam zu alt und außerdem warteten ihre Kinder daheim. Sie war in ein anderes Fitness-Studio gegangen, um ihren alten Chef nicht zu treffen, aber auch dort bandelte niemand mit ihr an.

Schließlich gab sie sich einen Ruck, sie würde mit ihrer Tante Beate reden, der Schwester ihres Vaters. Mit dem hatte sie zwar auch schon lange keinen Kontakt mehr, aber Beate besuchte immer mal wieder ihre Schwägerin, Julias Mutter, und steckte ihr wohl auch immer mal etwas Geld zu. So traf Julia hin und wieder ihre Tante Beate.

Sie fand Beates Augen immer sehr freundlich, aber auch durchdringend auf sich gerichtet. Julia wusste nicht, womit Beate ihr vieles Geld verdiente. Sie wollte nichts geschenkt haben, sie wollte schon arbeiten, soweit sich das mit den Kindern vereinbaren ließ. Vielleicht konnte Beate ihr eine Arbeit verschaffen.

Julia bei Beate

Beate war am Telefon sehr freundlich und hatte Julia gleich für den nächsten Nachmittag zum Kaffee eingeladen. Julia hatte angedeutet, dass sie unbedingt eine Arbeit braucht und gefragt, ob Beate ihr helfen könnte.

„Wir werden schon etwas für dich finden, Kind"
war deren freundliche Antwort.

Diese Zuversicht hatte Julia wieder aufgerichtet, ihr sofort wieder Ruhe und Mut eingeflößt. Sie war glücklich, dass sie sich getraut hatte, Beate anzurufen.

Am nächsten Nachmittag klingelte Julia wie verabredet um 15 Uhr bei Beate.

Beate öffnete lächelnd, umarmte Julia und gab ihr zwei Wangenküsschen. Sie gingen ins Wohnzimmer, es standen Kaffee und Kuchen auf dem Tisch.

Beates Mann Ludwig war anscheinend nicht da.

„Ludwig hat einen Termin bei einem Kunden, das ist auch besser so für uns" lachte Beate.

Julia wusste, dass Ludwig als Anlagenberater viel bei Kunden unterwegs war. Sie wusste auch, dass die beiden sich kennengelernt hatten, als sich Beate nach ihren ersten großen Einnahmen von ihm beraten ließ.

Sie ahnte nicht, was sie darüber heute noch alles erfahren sollte.

Dann saßen die beiden Frauen bei Kaffee und Kuchen und Beate forderte Julia freundlich auf, einfach mal zu erzählen.

Und Julia hatte wegen Beates Freundlichkeit und Offenheit keine Hemmungen mehr und schüttete ihr Herz aus und schloss mit der Frage

„hast du eine Möglichkeit, mir eine Arbeit zu beschaffen?"

„Kindchen, ich hatte nie ein Problem, ausreichend und noch mehr Geld zu verdienen. Man braucht dazu nur die richtige, offene Einstellung"

Sie blickte freundlich in Julias fragendes Gesicht.

„Kindchen, jede Frau, insbesondere wenn sie so jung und hübsch wie du ist, kann jederzeit viel Geld verdienen"

Julia schaute jetzt eher etwas irritiert, in ihrem Kopf jagten sich Gedanken und Vermutungen, Beate wollte doch nicht etwa sagen, dass …?

Doch im gleichen Moment schaffte Beate Klarheit

„Fast jeder Mann ist bereit, viel Geld auszugeben, eine Frau wie dich haben zu können"

„du meinst doch nicht etwa Prostitution?"

Jetzt lachte Beate laut auf, ihre sonst so strengen Augen strahlten tatsächlich ein bisschen

„doch mein Kind, genau das, aber du brauchst nicht so erschrocken zu schauen, da gibt es viele Schattierungen, ich meine natürlich auf hohem Niveau"

Julia schloss ihren offenen Mund wieder und Beate fuhr fort

„vor dir sitzt eine sehr erfolgreiche Hure, ich bin eine reiche, angesehene Frau, oder? Wenn du es richtig anfängst, ist das ein ordentlicher, sauberer Beruf. Du musst dich nicht in die Abhängigkeit von Zuhältern begeben und dich ausbeuten lassen. Die Zeiten haben sich geändert, heute gibt es viele Möglichkeiten, unabhängig und auf hohem Niveau viel Geld zu verdienen und seine Entscheidungsfreiheit zu behalten"

Und dann erzählte Beate, wie es bei ihr begonnen und bis heute entwickelt hatte.

Beate erzählt von ihren Anfängen

Als Beate 28 Jahre alt war, war ihre Mutter sehr jung gestorben. Kurz danach hat sie selbst ihren Arbeitsplatz verloren. Birgit, die Freundin ihrer Mutter, hatte ihr einige Monate sehr beigestanden und machte ihr einen Vorschlag für eine neue, einträgliche Tätigkeit. Diese Freundin ihrer Mutter betrieb eine Modelwohnung im 70 km entfernten H.

Sie hatte dort jeweils 4-6 Frauen zwischen 18 und 35 Jahren, inserierte in Tageszeitungen und hatte ein gutes Einkommen durch die Zimmermieten der Frauen. Sie selbst war immer auch Hure gewesen, inzwischen stand sie aber nur noch zwei älteren Stammgästen zur Verfügung. Bei der Gelegenheit erfuhr Beate auch, dass auch ihre Mutter früher gemeinsam mit Birgit angeschafft hatte.

Beate hatte einen sehr offenen Umgang mit Sex und viele wechselnde Partner. Sie war offensichtlich polyamor, sie wollte Liebe, konnte aber selbst nicht lieben. So zögerte sie nicht lange und nahm das Angebot an. Schon bald hatte sie einen großen Stamm regelmäßiger Gäste, die nur zu ihr wollten. So verdiente sie selbst und an ihr auch die Wohnungsinhaberin Birgit viel Geld. Birgit gab ihr immer wieder gute Ratschläge, das Geld nicht zu verjubeln, sondern möglichst viel anzulegen, damit sie auch eine Alterssicherung habe.

Eines Tages machte Birgit ihr das Angebot, Teilhaberin zu werden.

Der Vorschlag war, eine zweite Wohnung anzumieten und beide Wohnungen gemeinsam zu betreiben. Wahrscheinlich wollte Birgit verhindern, dass ihr Zugpferd Beate sich allein selbstständig macht.

Da war Beate dann also mit 35 Jahren Mitinhaberin, kassierte Miete von den anderen Frauen und war selbst nur noch für ihre Stammgäste zu haben. Einer ihrer Stammgäste war der Anlagenberater Ludwig. Er kam immer häufiger, häufiger als alle anderen, zuletzt zweimal in der Woche. Sie kamen sich persönlich sehr nah und eines Tages fragte sie ihn als Anlagenberater um Rat.

Allerdings zögerte sie dann zunächst doch etwas, einem Stammgast ihre finanziellen Verhältnisse offen zu legen. Aber sie hatte letztlich volles Vertrauen zu ihm und er sagte ihr auch volle Unbefangenheit zu und wollte auch kein Honorar verlangen. So verbrachten sie zusätzlich Zeit mit der Anlagenberatung und eines Tages sagte Ludwig

„ich muss dir etwas gestehen, ich habe mich in dich verliebt",

„aber ich bin eine Hure".

„ich weiß, aber wenn du dich in Zukunft nur noch auf die Betreuung der Wohnungen beschränkst und nicht mehr anderen Männern zur Verfügung stehst, dann würde mich das nicht stören"

Zunächst änderte sich nichts zwischen den beiden. Er betonte immer wieder seine Liebe, sie blieb jeweils stumm. Mit einer ihrer Frauen verstand sie sich besonders gut. Katja war nur zwei Jahre jünger als sie, also die zweitälteste in ihrer Wohnung. Irgendwann vertraute sie sich ihr an und die beiden vereinbarten, dass Katja Beates Stammgäste übernehmen sollte. Beate wollte behaupten, dass sie wegen anderer Verpflichtungen nicht mehr so oft anwesend sein könnte.

Und das entwickelte sich dann sehr gut. Zunächst boten sie den daran interessierten Stammgästen auch Spiele zu Dritt an. Weil sie beide sicher waren, nicht lesbisch zu sein, spielten sie es den Gästen vor und fanden dann echten Gefallen daran. Eines Tages begannen sie auch ohne Gäste intim miteinander zu sein, wobei Katja aktiver war als Beate. Katja war sehr beeindruckt von Beate, schaute zu ihr auf, begann Liebe für sie zu empfinden. Das galt umgekehrt für Beate nicht.

Aber schließlich machte Beate Katja den Vorschlag, ob sie sich vorstellen könnte, mit ihr gemeinsam die Wohnungen zu betreiben und Birgit irgendwann auszuzahlen.

Ihren Hintergedanken, Katja damit langfristig an sich zu binden, verriet sie natürlich nicht.

Katja zögerte etwas, denn es würde ihre gesamten Ersparnisse auffressen, aber ihre Liebe zu Beate gewann.

Beate führte von Anfang an gemeinsam mit Katja die Verhandlungen mit den Anbietern der Mädchen. Beate übernahm dabei vorrangig den Aufbau eines Netzwerkes, um deutsche Frauen, insbesondere auch über 30, zu finden und zu halten.

Einer von Beates, jetzt Katjas Stammgästen, war der Zahnarzt Thomas. Er bot Katja an, sie zu heiraten. Katja vertraute sich Beate an. Die beiden Frauen redeten über viele Tage immer wieder darüber.

Sollte Beate Ludwig, sollte Katja Thomas heiraten, sollten sie aussteigen?

Beate war aber entschlossen, diese gute Einnahmequelle nicht aufzugeben und hatte schließlich eine Idee, mit der sich auch Katja anfreunden konnte. So sprach Beate ihren Ludwig und Katja ihren Thomas an, ob sie sich vorstellen könnten mit einzusteigen als stille Teilhaber. Dann könnten sie zwei weitere Wohnungen betreiben, das Geld wäre sehr gut angelegt. Beide lehnten nicht gleich ab, sondern wollten es sich überlegen.

Birgit wird erpresst

Beate war eine sehr gute Geschäftsführerin, sie hatte ein goldenes Händchen für genau die richtigen Mädchen und Frauen, sie verstand es das Vertrauen aller zu gewinnen, sie knüpfte Freundschaften zwischen den Frauen, wo sich diese nicht von selbst entwickelten. Unter den Stammkunden waren Zahnärzte, Ärzte, Tätowierer, Juweliere, Friseure, Schönheitschirurgen.

Sie verschaffte den Frauen Vorteile bei den Dienstleistungen dieser Stammkunden, die Frauen fühlten sich ihr dadurch verpflichtet.

Schien ihr die Beziehung zwischen einem Stammkunden und einem Mädchen zu eng und persönlich zu werden, dann spielte sie die Beziehungen der Mädchen untereinander dagegen aus.

Nach vielen Gesprächen zwischen Katja und Beate wurde klar, dass Katja in Beate verliebt und nicht fähig war, zusätzlich jemand anderen, einen Mann, zu lieben. Katja konnte sich nicht entschließen, Thomas zu heiraten.

Nach einem Jahr heftigen Werbens willigte aber Beate schließlich ein, Ludwig zu heiraten. Sie gestand ihm zu, nicht mehr in ihren Wohnungen für Kunden, auch nicht für Stammkunden zur Verfügung zu stehen, aber sie stellte auch zwei Bedingungen.

Sie wollte weiterhin Geschäftsführerin bleiben, also fast täglich in den Wohnungen sein und er sollte die Übernahme von Birgits Wohnung zu finanzieren.

„will denn Birgit aufhören, hat sie dir das angeboten?"

„nein, aber ich werde mit ihr reden, sie wird nicht nein sagen können, ich bin mir ganz sicher"

Dabei spielte ein hinterhältiges Lächeln um ihren Mund, das Ludwig fast Angst machte. Aber er wollte sie zur Frau und er wollte weiterhin sein Geld in diesem Geschäft anlegen und wusste es bei Beate in guten Händen.

Am nächsten Tag bekam Birgit Besuch von Beate. Nach einem betont freundlichen aber kurzen Plaudern kam Beate zur Sache

„ich möchte deine Wohnung übernehmen, du wirst mir ein gutes Angebot machen"

Birgit zog die Augenbrauen hoch

„warum sollte ich das tun, ich werde noch ein paar Jahre weitermachen"

„ich habe etwas gegen dich in der Hand, ich kann dich auffliegen lassen"

Birgit erschrak, versuchte aber ganz ruhig zu antworten

„ich kann mir nicht vorstellen, dass du mich wirklich unter Druck setzen willst, denn alles was du erreicht hast, hast du schließlich mir zu verdanken"

Beate zuckte die Schultern, ihr Mund war zu einem harten Strich geworden

„ich will es und du tust es"

Dann machte sie Birgit klar, was sie von ihr wusste. Es gab in der Wohnung zwei separate Zimmer mit einer eigenen Wohnungstür. Dort hatte Birgit immer besondere Stammgäste empfangen und ihnen Minderjährige aus Osteuropa zugeführt.

Beate fand das immer widerlich, sie hätte da nie mitgemacht. Birgit hatte sie aber auch von den „Mädchenhändlern" immer ferngehalten. Aber sie hatte Augen im Kopf und einen scharfen Verstand, so war es ihr nicht entgangen.

„dann fliegst du auch mit auf, denn wir haben die Wohnung gemeinsam betrieben"

Beate mit einem kalten Lächeln

„nein, ich habe davon jetzt von einem Stammgast erfahren, ich habe davon nichts gewusst"

Birgit war sich in dem Moment bewusst, dass ihre Geldgier ihr eine Falle gestellt hatte und diese nun von ihrem Zögling Beate ohne Rücksicht zugeklappt wurde.

Beate gestand ihr zwei Tage Bedenkzeit zu.

Beate gewann das Spiel, Birgit gab auf, die Gefahr alles zu verlieren so kurz vorm Rentenalter war ihr doch zu groß, selbst wenn auch Beate nicht ungeschoren davon käme. Sie war sich zu ihrem Bedauern auch sicher, dass Beate sich nichts derartiges in ihren Wohnungen zuschulden hatte kommen lassen, dazu kannte sie Beate zu gut.

So konnte Ludwig die Wohnung übernehmen und der gemeinsame Betrieb wurde noch ein bisschen größer.

Dann führte Beate ein langes ausführliches Gespräch mit Katja.

„ich weiß, dass du mich liebst, aber ich dich nicht. Ich liebe niemanden, auch nicht Ludwig"

Katja gab es einen Stich ins Herz, immer wieder hatte sie sich ausgemalt, dass sie mit Beate in eine gemeinsame Wohnung zieht, dass sie eine Lebenspartnerschaft eingehen. Sie war niedergeschlagen und enttäuscht.

„ich werde Ludwig heiraten, nicht dass er sich anderweitig umschaut und dann sein Geld abzieht. Und du wirst aus dem gleichen Grund Thomas heiraten, keine Widerrede. Du hast Sex mit ihm und mit vielen anderen Männern, du musst ihn doch nicht lieben, um ihn zu heiraten. Hier geht es um den geschäftlichen Erfolg, vergiss das nicht"

An der sprudelnden Geldquelle hatte im Laufe der Zeit natürlich auch Katja Gefallen gefunden und die Arbeit machte ihr Spaß, sowohl die Betreuung der Mädchen als auch das Vergnügen mit den Gästen.

Sie atmete tief durch, schaute Beate liebevoll an
„also gut, aber wir werden weiter miteinander intim sein, versprich mir das"

Beate nickte, sie hatte nichts dagegen. Bei Gelegenheit würde sie Katja noch darauf ansprechen, dass Thomas sicher auch ihren Rückzug vom Sex mit den Gästen verlangen würde. Dann müsste Katja das Problem lösen, eine Nachfolgerin zu finden.

Aber Beate hatte schon eine Idee. Katja hatte oft von einer zwei Jahre jüngeren Cousine gesprochen, die jetzt das dritte Mal geschieden wurde. Beate war sich sicher, dass man die gewinnen könnte. Ihre Spürnase hatte sie noch nie im Stich gelassen.

Schließlich kamen Beate, Katja, Ludwig und Thomas zusammen und machten einen Vertrag. Aus der einen Modelwohnung wurde jetzt ein richtiger kleiner Betrieb.

Beate über Julia und Marita

Beate wurde aus ihren Gedanken gerissen als das Taxi am Bahnhof hielt. Sie schaute auf die Uhr. Prima, wenn sie sich beeilte, konnte sie einen Zug früher fahren. Und es reichte locker.

Sie suchte sich ein leeres Abteil, ließ sich ins Polster sinken und schloss kurz entspannend die Augen. Dann griff sie entschlossen zum Handy und rief Julia an

„Hallo Kindchen, wir gehen übermorgen Abend zusammen essen. Keine Ausrede, es ist wichtig"

Julia sagte zu.

Beate lächelte mit strengen Augen, dann rief sie Ludwig an

„ich sitze im Zug, du kannst mich in einer halben Stunde abholen"

Beate schloss wieder die Augen, das Lächeln war verschwunden, sie dachte darüber nach, was und wie sie es mit Julia besprechen wollte. Es musste endlich geklärt werden, wie es mit ihr und Marita weitergehen konnte oder was die Alternative wäre. Ihre Anspannung ließ etwas nach und sie dachte zurück, wie das mit Marita damals begonnen hatte.

Julia hatte schon ein paar Jahre bei ihr gearbeitet. Nebenher hatte Julia eine Beziehung mit Freddie, dem Chef des Fitnessstudios, in das Beate und Julia oft gemeinsam gingen. Fast jeden Abend, den Julia nicht bei Beate arbeitete, verbrachte sie mit ihm in seinem Büro, auch auf der Couch nach Feierabend.

Julia bekam Geld von ihrem Liebhaber und sagte immer häufiger die Arbeit bei Beate ab. Beate war sauer, aber sie hatte einen Trumpf in der Hand. Sie wusste, dass Freddies Frau das Geld für das Fitness-studio gegeben hatte, er konnte sich daher keine Scheidung leisten. Sie wusste auch, dass Julia genau wie sie selbst nicht wirklich lieben konnte, die war genauso polyamor wie sie, konnte die Liebe vieler zulassen, ohne selbst wirkliche Liebe zu empfinden oder zurückzu-geben. Sie würde schnell über einen Laufpass hinwegkommen, ins-besondere wenn Beate es ihr versüßen könnte.

Also ging Beate am nächsten Morgen als sie Julia bei der Arbeit in ihrer Modelwohnung wusste, gezielt allein ins Fitness-Studio und nahm sich Freddie zu Brust und machte ihm klar, dass sie seiner Frau einen Tipp geben würde, wenn er nicht von Julia abließ, und zwar schnellstens.

Beate sagte ihm, dass sie weitergehende berufliche Pläne mit Julia hätte, und dies hier würde nicht dazu passen. Freddie war sehr be-reitwillig, denn Julia wurde ihm sowieso langsam langweilig und auch zu kostspielig. Es gab so viele hübsche Frauen hier im Studio, die ihm gutgebauten Kerl schöne Augen machten. Bereits am nächs-ten Tag verkündete er Julia, dass er ihr kein Geld mehr geben könnte und stänkerte, dass Julia anderen schöne Augen mache, was durch-aus auch so war. Erst war Julia tief getroffen, aber hatte bald den Kopf wieder oben. Er war nicht der tolle Hecht, als der er ihr zu-nächst erschien. Das Geld war allerdings das entscheidende Argu-ment für Julia, sich sofort von Freddie zu trennen. Das war sehr angenehm gewesen, nun musste sie wieder mehr bei Beate anschaffen gehen, das war klar.

Es war ihr allerdings in keiner Weise zuwider, jeden Tag mit mehreren, auch ganz fremden Männern Sex zu haben.

Sie mochte es, wie die Männer sich ihr auslieferten, sie fühlte sich nicht erniedrigt und bei vielen kam sie durchaus auch richtig zu ihrer eigenen körperlichen Befriedigung. Eigentlich brauchte sie das, und viel Geld brachte es auch noch. Es war allerdings zeitaufwendig, allein schon durch die Fahrt von B. nach H.

Beate, Ludwig und Julia gingen häufiger mal zusammen essen oder ins Kino. Heute war Ludwig nicht dabei, so konnten die beiden Frauen ganz offen miteinander reden. Julia erzählte, dass sie sich mit Freddie endgültig verkracht hätte und sie deshalb wieder mehr zu ihr zum Arbeiten kommen würde.

„Kindchen, das freut mich, ich mochte Freddie sowieso nicht, und viele Gäste fragen nach dir. Du bist schon wichtig, auch für meinen Erfolg, und ich habe Pläne mit dir"

Beate verstand es zu schmeicheln. Julia horchte neugierig auf und fühlte sich gleichzeitig auch sehr wichtig.

Das war die stets so erfolgreiche und perfekte Methode von Beate, andere zu loben, abhängig zu machen und mit Versprechungen zu locken.

„weißt du, irgendwann möchte ich mich mal aus dem Geschäft zurückziehen und nur noch stiller Teilhaber sein. Und dann sollst du meinen Platz als geschäftsführende Teilhaberin neben Katja einnehmen"

Julia war zunächst sprachlos, doch dann entspannte sich ihr mit großen Augen erstarrtes Gesicht, ihre Augen strahlten, sie lächelte ihre Tante an.

„ich habe aber ein paar Bedingungen. Erstens musst du regelmäßig kommen und mehr Stammgäste als jetzt haben. Zweitens erwarte ich, dass du eine neue Frau für uns auftust, eine Deutsche zwischen 30 und 35 Jahren"

Das Lächeln verschwand abrupt aus Julias Gesicht
„das kann ich nicht"
„doch, das kannst du, es wird in Zukunft deine wichtigste Aufgabe sein, ich werde langsam zu alt dafür. Beim ersten Mal helfe ich dir und gebe dir Tipps. Ich habe schon eine Kandidatin ausgesucht, du wirst sie überzeugen. Du kennst sie, es ist Marita, die seit einem Jahr im Fitness-Studio arbeitet. Ich habe sie ein wenig ausgehorcht. Sie ist seit zwei Jahren geschieden, alleinerziehende Mutter zweier Kinder, der Mann zahlt wenig. Sie ist 33 Jahre alt, schlank und zierlich, hübsches Gesicht. Sie würde sehr gut für weitere Stammgäste ergänzen, was dir fehlt"

Dann sprach Beate weiter, wie sie sich das weitere Vorgehen von Julia vorstellte.

Marita war in finanziellen Schwierigkeiten, die Halbtageseinnahmen im Studio waren zu wenig für die kleine Familie. Außerdem versuchte Freddie bei ihr zu landen, sie konnte ihn aber überhaupt nicht leiden. Beate genoss diesen kleinen Seitenhieb gegen Julias Selbstbewusstsein.

Was Beate aber am allerwichtigsten war

„Marita wollte Eurer Beziehung auch auf keinen Fall in die Quere kommen, denn sie wusste ja von Eurem Verhältnis"

Ganz offensichtlich mochte Marita Julia, bewunderte sie, fand sie sehr attraktiv und selbstbewusst. Das alles hatte Beate herausbekommen und es erinnerte sie an ihre Beziehung zu Katja.

„du wirst ins Fitness-Studio gehen…"

Julia schüttelte den Kopf.

„doch du wirst, schließlich hast du noch Sachen bei Freddie. Dabei wirst du ein Gespräch mit Marita anfangen. Du wirst offen über dich reden, dass du auch alleinerziehende Mutter bist, der Vater nicht zahlt, dass du dich mit Freddie total verkracht hast, dass deine Tante aber eine Arbeit für dich besorgt hat. Du wirst ihr Vertrauen gewinnen. Sie bewundert dich, also wird deine Ehrlichkeit sie bewegen, auch offen über sich zu sprechen. Du wirst dich verhalten, als seid ihr schon lange befreundet und dich mit ihr für den nächsten Tag verabreden außerhalb des Studios. Geht auf Einkaufsbummel, ich gebe dir Geld, schenke ihr etwas. Dann wirst du sie zu unserem nächsten Kinobesuch einladen, damit sie mich kennenlernt. Ich werde dafür sorgen, dass Ludwig auch dabei ist, das erhöht das Vertrauen in uns, wir nehmen sie unmerklich in die Familie auf. Du wirst dich jeden zweiten Tag mit ihr treffen, dafür wirst du von der Arbeit befreit"

Bindung Marita an Julia

Marita beeilte sich, ihr Make-up fertig zu bekommen, gleich würde Julia sie abholen. Sie wollten einen Stadtbummel machen, einkaufen, Kaffee trinken, plaudern. Sie kannten sich nun seit zwei Monaten. Seit Marita im Fitness-Studio gearbeitet hatte, hatte sie diese Frau, die nur wenig älter war als sie, bewundert, war beeindruckt von ihrer Erscheinung, ihrem Auftreten. Sie fühlte sich von ihr hingezogen wie nie zuvor von einer Frau. Sie hatte natürlich gewusst, dass Julia ein Verhältnis mit dem Chef hatte, der trotzdem auch sie immer wieder anmachte. Sie wies ihn aber immer wieder ab, sie fand ihn widerlich. Da sie auf die Arbeitsstelle angewiesen war, sagte sie immer ganz freundlich, dass sie wegen Julia nichts mit ihm anfangen würde.

Sie hatte nie verstanden, was diese wunderbare Frau Julia an ihm fand. Dann erschien diese angehimmelte Frau nicht mehr und der Chef wurde noch zudringlicher. Doch dann tauchte Julia eines Tages wieder auf, um ihre restlichen persönlichen Sachen abzuholen. Maritas Herz klopfte und ihr schoss die Angst durch den Kopf, dass sie diese Frau zum letzten Mal sehen könnte. War sie etwa verliebt, in eine Frau? Während sie sehr nachdenklich und fast eingeschüchtert zu Julia hinüber sah, drehte die sich zu ihr um und lächelte sie strahlend an.

Dann winkte sie und zeigte zur Bar.

Zögernd und verwundert ging Marita zu ihr.

„Hallo Marita, du hast doch gleich Feierabend, wollen wir einen Kaffee zusammen trinken?"

Marita konnte ihr Glück gar nicht fassen, nickte

„ja gern"

Sie konnte die 10 Minuten bis Feierabend kaum erwarten, eilte zu ihrem Spind und war sofort zurück. Julia lächelte wieder so freundlich und meinte

„komm, wir gehen woanders hin, ich mag hier nicht mehr sein"

Sie verließen das Gebäude und gingen in ein nahe gelegenes Café . Dort fing Julia ganz offen an zu reden.

„du ich mag dich, habe dich richtig ins Herz geschlossen. Es tut mir sehr leid für dich, dass du es weiter bei dem miesen Freddie aushalten musst"

Dann erzählte Julia von sich, ihrem Leben als alleinerziehende Mutter mit zwei Söhnen, 15 und 14 Jahre alt, von ihrem Ex, der für sie nichts zahlte und dann von ihrer Tante Beate, die ihr geholfen hatte, eine Arbeit besorgt hatte.

Sie sagte nichts über die Art der Arbeit, Marita war auch viel zu scheu und aufgeregt, danach zu fragen. Sie fasste aber immer mehr Vertrauen in diese von ihr bewunderte, oder besser angehimmelte Frau. Sie begann dann von sich zu erzählen, ihrer Scheidung, ihrem Ex und ihren Kindern, einer 10jährige Tochter und einem 8jährigen

Jungen. Ihr Ex zahlte nichts für die Kinder, sie hatte nur das Kindergeld, ansonsten musste sie alles allein aufbringen.

Sozialhilfe oder Arbeitslosenhilfe wollte sie nicht in Anspruch nehmen, genauso wie Julia, und so versuchte sie mit diesem Halbtagsjob im Fitness-Studio zurecht zu kommen. Aber das Geld reichte hinten und vorne nicht.

Die beiden plauderten, lachten immer häufiger, freuten sich über so viele Gemeinsamkeiten in ihrem Leben.

Julia schlug dann vor

„weißt du was, wir treffen uns jetzt häufiger, dann kannst du mir immer erzählen, wenn Freddie frech geworden ist, ich werde dir helfen und ich kann dir helfen, ich weiß mehr über ihn als im lieb ist. Wie wär's, gehen wir morgen zusammen in die Stadt? Hast du Zeit?"

Klar hatte Marita Zeit, weil sie es auch wollte. Sie hatte schon lange nicht mehr so viel Vertrauen zu einem Menschen gehabt, sie war richtig glücklich.

Von nun an trafen sie sich immer häufiger, kauften zusammen ein, machten Wochenendausflüge mit den Kindern.

Marita blickte auf zu Julia, die war bestimmend wie ihre Mutter, sie war körperlich beeindruckend, attraktiv.

Bald machten sie wirklich alles gemeinsam, gingen zusammen zum Friseur, zum Arzt, zur Bank, was auch immer eine von beiden oder beide zu erledigen hatten.

Marita war damit zufrieden, war glücklich, dass sie Julia nahe sein durfte, mehr verlangte sie gar nicht.

Dabei kamen sie sich auch körperlich immer näher, auf Umarmungen zur Begrüßung, oder mal aus Freude über irgend etwas, folgten bald auch Küsschen zur Begrüßung.

Marita hatte keine Hemmungen mehr, Julia alles anzuvertrauen. Sie sprach über ihre finanziellen Sorgen und über die Zudringlichkeiten von Freddie. Sie brauchte unbedingt eine andere und einträglichere Arbeit. Julia frohlockte, Beate hatte mal wieder ins Schwarze getroffen, Marita war bald soweit.

An einem Nachmittag waren sie wieder auf Stadtbummel, Marita stellte wie immer mit einem gewissen Neid fest, dass Julia sehr viel Geld für Kleidung und Schuhe ausgab, ohne offenbar damit Probleme zu haben. Marita wusste immer noch nichts über die Tätigkeit von Julia.

Auch Marita schaute sich dieses oder jenes an, ein weiß-graues Kleid hatte es ihr besonders angetan.

Julia drängte sie „probiere es an"

Marita wehrte sich

„ich kann es mir ja doch nicht kaufen, wozu also?"

aber Julia ließ nicht locker.

Marita gab nach, sie sah super aus in dem Kleid, wie vom Designer für sie gemacht. Sie trug sonst eigentlich immer nur Hosen. Julia war begeistert, Marita jetzt eher noch trauriger. Sie zog sich wieder um. Julia nahm das Kleid an sich und legte es zusammen mit ihren Sachen an die Kasse und ehe Marita sich versah, war es gekauft und bezahlt. Julia ließ es in eine Extra-Tüte packen, die sie Marita in die Hand drückte.

Marita wehrte ab

„das geht doch nicht, das kann ich doch nicht annehmen"

„doch du musst sogar, du bedeutest mir sehr viel, dafür möchte ich mich bedanken"

Marita hatte vor Rührung feuchte Augen. Bedeutete es, dass Julia sie so liebte wie sie umgekehrt Julia? Was war mit ihr geschehen, liebte sie eine Frau? Verschämt, mit gesenktem Blick nahm Marita das Geschenk an. Anschließend im Café fasste Julia plötzlich ganz ungeniert fest und zärtlich zugleich Maritas Hand

„ich mag dich wirklich sehr gern"

Marita wurde rot, beide sahen sich tief in die Augen, Marita zog es das Herz zusammen. Dann plauderten sie wieder zwanglos wie immer über alles.

Julias Handy klingelte, sie schaute drauf

„entschuldige, meine Tante"

und nahm das Gespräch an.

Offenbar ging es in dem kurzen Gespräch um eine Verabredung.

„ich habe mich gerade mit meiner Tante für morgen Abend zum Kino verabredet. Komm doch mit, ich fände es toll, wenn ihr euch kennenlernt"

Marita sträubte sich ein wenig

„aber ich kann doch nicht einfach so in deine Familie eindringen"

„doch du kannst, du musst, ich möchte es. Beate und du seid mir die wichtigsten Menschen nach meinen Kindern und ich habe Beate schon viel von dir erzählt"

Jetzt war Marita erst recht verwirrt, aber Julia ließ nicht locker, schließlich stimmte Marita zu.

Am nächsten Abend war sie sehr aufgeregt. Sie hatte ihren Bruder gebeten, auf ihre Kinder aufzupassen.

Durch die bevorstehende Begegnung mit Julias Tante Beate fühlte sich Marita in die Familie aufgenommen. Für Marita schien es damit klar, dass Julia und sie mehr als nur gute Freundinnen waren, sie waren ein Paar. Obwohl sie sich gegen diesen Gedanken wehrte, war es gleichzeitig doch ein wunderschönes Gefühl für sie.

Julia holte sie ab wie immer, denn Marita hatte kein Auto.

Als sie am Kino ankamen, wusste sie sofort, dass dort Julias Tante stand, es war die ältere Ausgabe von Julia, eine hübsche etwa 50 Jahre alte Frau, nur noch energischer im Auftreten. Sie lächelte, aber ihr Blick wirke trotzdem kalt auf Marita.

Der stattliche, etwas ältere Mann neben ihr stellte sich als ihr Ehemann Ludwig vor. Beide drückten Marita sehr herzlich und fest die Hand. Durch Ludwigs Anwesenheit fühlte sich Marita noch mehr aufgenommen und angenommen, so wie Beate es geplant hatte.

Nach der Vorstellung setzten sie sich noch in ein Gasthaus neben dem Kino, tranken was und plauderten. Jetzt machte Beate einen wesentlich freundlicheren Eindruck auf Marita, nicht mehr so streng wie vorhin. Marita fühlte sich wohl in dieser Gruppe, ihr Vertrauen, ihre Zuneigung zu Julia war gewachsen.

Julia und Marita gehen einkaufen

Marita war fertig mit ihrem Make-up, ging die Treppe hinunter, zog ihre Jacke an, nahm die Handtasche und ging vors Haus. Sie zündete sich eine Zigarette an.

Gleich würde Julia sie abholen.

Ihr Herz hüpfte als Julias Wagen am Ende der Straße auftauchte. Sie eilte zum Wagen. Wegen der Nachbarn gab es nur zwei Wangen-küsschen. Wie gern hätte Marita Julia heftig umarmt und ihr einen richtigen Kuss gegeben, aber heute hatten sie es eilig, deshalb war Julia auch gar nicht erst reingekommen.

Heute wollten sie zum Augenarzt nach C. fahren, Julia brauchte eine neue Brille.

Nun waren sie seit einem halben Jahr fast jeden Tag zusammen.

Nach ein paar Standardbemerkungen konzentrierte sich Julia ganz auf den Verkehr und Marita versank ins Tagträumen. Sie dachte daran, wie glücklich sie war in dieser Beziehung mit Julia und wie sich alles entwickelt hatte.

Julias Kinder waren Heranwachsende, fast volljährig, und konnten abends auch mal allein bleiben

Zweimal im Monat übernachteten Maritas Kinder zwei Nächte bei ihrem Ex, dann unternahmen Julia und sie auch abends etwas, gingen in Konzerte oder ins Kino.

Immer wieder wurde sie von Julia eingeladen, musste nichts bezahlen, wurde beim Einkaufen beschenkt. Marita konnte sich so gut wie gar nichts leisten, es reichte gerade, die Kinder ausreichend zu versorgen. Kürzlich hatte Julia sogar Jeans und Schuhe für die Kinder bezahlt. Es war Marita peinlich, von mal zu mal unangenehmer. Sie wollte selbst für sich und die Kinder sorgen, trotzdem nahm sie dann jedes Mal, wenn auch zögernd, die Geschenke an. Und es gefiel ihr, endlich mal wieder neue, moderne, schicke Kleidung zu haben wie schon seit Jahren nicht mehr. Julia verstand es aber auch, nicht zu sehr aufzutrumpfen, sie ging mit Marita auch in Second-Hand-Läden und kaufte dort auch für sich selbst.

Marita war schon neidisch darauf, wie viel Geld Julia anscheinend zur Verfügung hatte, nicht so einteilen und überlegen musste wie sie. Sie hatte schon mehrmals ganz vorsichtig versucht, Julia darauf anzusprechen, ob sie nicht auch für sie eine Arbeitsstelle wüsste, wo sie mehr verdienen könnte, Arbeit und Kinder trotzdem unter einen Hut bringen könnte wie Julia. Aber die war immer ausgewichen, hatte bisher nicht genauer gesagt, welcher Art ihre Arbeit und Arbeitszeit bei Beate waren.
Manchmal musste sie offensichtlich auch abends arbeiten. Sie hatte schon ein paar Mal keine Zeit gehabt, wenn Maritas Kinder beim Vater waren und sie gern ausgegangen wäre.
Marita schreckte aus ihren Gedanken hoch als Julia einparkte. Wie immer gingen sie gemeinsam ins Wartezimmer des Augenarztes, und wie immer wurde Marita von dem Augenarzt angemacht. Er hatte die beiden mal in einem Café getroffen und Julia hatte ihm gesteckt, dass Marita einen einträglichen Arbeitsplatz oder einen Lebenspart-

ner sucht. Marita war da ein wenig sauer auf Julia, denn sie mochte ihn überhaupt nicht, er war ganz und gar nicht ihr Typ. Auch heute machte er einen Versuch.

„Hast du es dir noch mal überlegt, möchtest du nicht doch hier in meiner Praxis an der Theke arbeiten?"

Und wie immer lehnte Marita dankend ab. Nein, nein, sie mochte nicht in seinem Umfeld oder von ihm abhängig sein. Sie versuchte ihn spüren zu lassen, dass sie kein Interesse an ihm hat. Im Gegensatz zu ihr, die sehr genaue Vorstellungen darüber hatte, wann ihr ein Mann gefiel, hatte Julia kaum mal irgendwas gegen Männer einzuwenden, die die beiden beim Ausgehen anmachten. Julia fand auch den Augenarzt recht nett.

Marita ließ trotzdem bei dieser Gelegenheit ihre Augen überprüfen und ließ sich eine neue Brille verschreiben. Sie trug zwar nie eine, ihre alte lag im Auto wegen des Führerscheineintrags, aber in letzter Zeit strengte sie das Lesen und auch das Fernsehen etwas an, es konnte also nicht schaden, eine neue zu haben.

Marita war allerdings froh, als sie die Praxis verließen. Sie liefen ein Stück die Straße entlang und gingen in ein kleines Café . Hier waren sie schon häufiger eingekehrt.

„ich mag ihn nicht, ganz und gar nicht"

„aber du könntest doch diese Arbeit, diese Einnahme gebrauchen. Und er hat dir angeboten deine Arbeitszeit mit Rücksicht auf die Kinder frei zu gestalten"

„ja schon, aber er will doch dafür was, das ist doch klar. Im Hinblick auf den Chef käme ich vom Regen in die Traufe. Außerdem hätte ich doch einen langen Arbeitsweg und wäre selten mittags für die Kinder daheim"

Für Julia war dieses Gespräch Mittel zum Zweck, sie hatte ja den Auftrag von Beate zu erfüllen, Marita für die Modelwohnung zu gewinnen. Der erste Schritt war erfolgreich getan, Marita hatte sich in sie verliebt, machte nichts ohne sie, wollte immer für sie da sein, mit ihr zusammen sein. Nur leider hatte sich für den nächsten Schritt bisher keine Gelegenheit ergeben. Heute kam der Zufall Julia zu Hilfe. In der einen Ecke am Fenster saß ein gut gekleideter älterer Herr mit einer höchstens halb so alten, sehr elegant gekleideten jungen Frau. Es waren nicht Vater und Tochter, wohl auch nicht Mann und Frau.

Marita nachdenklich

„ob sie seine Geliebte ist, ob er ihr viel Geld gibt?"

Sofort ergriff Julia ihre Chance

„ich glaube eher an einen Escort-Service"

Marita riss erstaunt die Augen auf, sah erst Julia, dann das Paar, dann wieder Julia an

„meinst du, wie kommst du darauf?"

„nun, sie kann sich offenbar was leisten, hat also ein gutes Einkommen, und die beiden verhalten sich nicht verliebt, aber sehr vertraut"

Dann legte Julia nach, diese Chance musste sie nutzen

„weißt du, was Beate damals zu mir gesagt hat als ich meine Arbeitslosigkeit beklagte? Eine Frau wie ich könne immer genug Geld haben, es gäbe genug Männer, die für ein Zusammensein mit mir viel Geld zahlen würden. Und du bist noch attraktiver, das merkt man doch jedes Mal, wenn wir angemacht werden"

Marita hatte kurz die Luft angehalten, nun atmete sie hörbar aus, schaute wieder mit großen, erstaunten Augen auf Julia.
Sie schauten sich einen Augenblick in die Augen, Julia hatte ein leichtes Lächeln im Gesicht.

Marita fragte ungläubig
„könntest du dir vorstellen, Escort-Service zu machen, etwa auch noch mit den Männern ins Bett zu gehen?"
„na ja, Sex macht doch Spaß, dir doch auch"
„ja, klar, aber doch nicht immer mit einem anderen und doch nicht für Geld, ich will doch keine Hure sein"

Julia schwieg, sie wollte Marita nicht überfahren, das musste wachsen, behutsam ausgebaut werden. Steter Tropfen höhlt das Hirn.
Nach einigen Minuten waren sie dann bei ihren Plänen für die nächsten Tage.

Neugierde auf Rotlichtmilieu

Es war ein herrlicher sonniger Sonntag, Marita stieg zu Julia ins Auto. Auch heute wollten sie wie fast jeden Sonntag in einen kleinen Ort bei C. fahren, ein bisschen spazieren gehen und dann in einem Landcafé einkehren. Es hatte sich aus einigen immer wieder dort Einkehrenden eine kleine lustige Clique gebildet, die zusammen die Sonntagnachmittage in geselligem Gespräch, mit Gesellschaftsspielen und fröhlichem Gelächter verbrachten. Für Marita war es immer eine wunderschöne Ablenkung von ihrem Alltag mit den Kindern, ihrem Chef und ihren finanziellen Problemen.

Sie plauderten darüber, wer wohl heute kommen würde. Marita hing auch immer dem Gedanken nach, dabei vielleicht doch einmal ihrem Traumprinzen zu begegnen, einem netten Lebenspartner, der sie und ihre Kinder versorgen, gut versorgen, besser sehr gut versorgen könnte.

Julia wusste von Maritas Träumen, weil Marita inzwischen ganz offen alle ihre Gedanken gegenüber Julia offenlegte, ihr Vertrauen in diese geliebte Frau schien grenzenlos.

Julia hatte andere Pläne mit Marita und war sich eigentlich auch sicher, dass Marita keinen Erfolg haben würde. Aber sie sagte ihr das nicht, denn sie hoffte, dass Maritas andauernde Enttäuschungen für sie arbeiten würden.

Die Fahrt verging wie im Fluge, sie parkten das Auto vor dem Café und begannen ihren Spaziergang.

Plötzlich meinte Marita

„weißt du eigentlich, wie es so im Rotlichtmilieu ist, wie Prostituierte arbeiten und leben?"

Sofort war Julia hellwach, ganz vorsichtig formulierte sie ihre Antwort

„na ja, so genau nicht, aber es gibt sicher viele verschiedene Arten und Niveaus"

„es ist eigentlich schade, dass man als außen stehende Frau dort nirgends Zugang hat, mich würde das schon sehr interessieren"

„denkst du darüber nach, doch in dem Umfeld Geld zu verdienen?"

Marita wehrte entschieden ab

„nein, nein, niemals, das könnte ich niemals machen, mit wildfremden, vielleicht ekligen und schmutzigen Männern ins Bett gehen, niemals, wer weiß, was die alles von einem verlangen"

„aber man könnte sicher viel Geld mit wenig Zeitaufwand verdienen"

„das könnte ich nicht, nein, nein"

und nach einer kleinen Pause

„neugierig wäre ich schon, wie es in dem Milieu zugeht, einfach mal schauen, mit den Frauen reden, wie sind die, warum sie das machen"

„ich könnte dir Zugang verschaffen zu einer solchen Umgebung"

Sie lächelte direkt ein bisschen spitzbübisch als Marita sie mit großen Augen anschaute

„willst du mal mitkommen?"

„wohin, wieso hast du da Kontakt?"

Sie argwöhnte keineswegs, dass Julia in der Umgebung arbeitet, sie
wäre nie auf die Idee gekommen und das ging ihr auch in diesem
Moment nicht durch den Kopf.

„ich helfe doch meiner Tante Beate im Büro, bei der Buchhaltung.
Und da habe ich mitbekommen, dass sie die Zimmer einer Wohnung
in H. an Prostituierte vermietet"

Marita verblüfft

„sag bloß sie ist eine Puffmutter?"

„na ja, das ist schon ein etwas besseres Niveau, jedenfalls verdient
sie sehr viel Geld damit und sicher würde sie mir erlauben, dass wir
uns die Wohnung mal anschauen und mit den Frauen reden, soll ich
sie fragen?"

Julia versuchte ein Pokerface aufzusetzen, nicht erkennen zu lassen,
wie sie frohlockte, jetzt war es nur noch ein kleiner Schritt, dann
hatte sie Marita da, wo Beate sie haben wollte.
Bei Marita kämpften unbändige Neugierde und Scham vor Kontakt
mit diesem Umfeld miteinander. Aber sie hatte so großes Vertrauen
in diese so grenzenlos von ihr geliebte Freundin, dass sie völlig ohne
jeden Argwohn war

„es würde mich schon interessieren, aber ...“

„kein Aber, ich frage Beate“

Es kribbelte Marita schon im Bauch, sie fand das jetzt aufregend, hatte aber gleichzeitig ein wenig Angst davor.

Julia und Marita in der Modelwohnung

Beate lächelte, aber wie immer strahlten ihre Augen nicht, es war ein rein geschäftstüchtiges Lächeln. Julia saß mit ihr bei einer Tasse Kaffee und berichtete vom Stand der Dinge mit Marita.

„lass sie noch ein paar Tage zappeln, spreche das Thema erst mal gar nicht mehr an. Wann sind das nächste Mal ihre Kinder beim Vater?"
„in fünf Tagen, Sonntag und Montag"
„das passt prima, ich bin Montag auf jeden Fall in H., dann kommt ihr vorbei, du wirst es ihr Sonntag vorschlagen"

Am Sonntag fuhren Julia und Marita zu ihrem üblichen Ausflug in die Umgebung von L. und machten ihren Spaziergang
„ich habe mit meiner Tante gesprochen, wir können sie morgen in ihrer Wohnung in H. besuchen"

Marita hatte jeden Tag an das Gespräch mit Julia gedacht, aber sich nicht getraut, es von sich aus anzusprechen, obwohl ihre aufgeregte Neugierde täglich wuchs. Nun durchzuckte es sie, es sollte tatsächlich geschehen.

„und wenn wir dann schon in H. sind, dann gehen wir natürlich auch gleich ein wenig Einkaufen, das hatten wir doch sowieso vor"

Später in der geselligen Runde war Marita kaum bei der Sache, hörte oft nicht zu, lachte nicht so viel und herzlich wie sonst, sie musste ständig an morgen denken.

Was überwog? War es die Neugierde auf etwas, was sie schon immer mal kennenlernen wollte, oder doch eine gewisse Angst, mit dem Rotlichtmilieu in Berührung zu kommen?

Sie wusste es selbst nicht. Aber sie spürte auch, dass sie das gar nicht entscheiden wollte und musste. Sie würde mit ihrer geliebten Julia überallhin gehen, sie überallhin begleiten.

Marita sah kritiklos auf zu Julia. Gleichzeitig war es immer Marita, die Julia bemutterte, ihr bei allen Erledigungen half, ihr die Einkaufstaschen trug, ihr bei technischen Dingen und Verträgen half, immer für sie da war. Julia sagte auch mal nein zu Vorschlägen von Marita, Marita dagegen machte alles mit.

Marita war die Gebende, Julia die Nehmende.

Am Montag holte Julia vormittags Marita bereits um 10 Uhr ab.

Da Maritas Kinder nach der Schule gleich zum Vater gingen, musste sie heute nicht kochen. Sie hatten gestern verabredet, zunächst einen Einkaufsbummel zu machen, zwischendurch etwas zu essen und erst danach gegen 15 Uhr zu Beate zu fahren. Julia redete auf der Fahrt ganz bewusst nur von den Einkaufsplänen. Marita war sich sicher, dass sie auch wieder Kleidung von Julia geschenkt bekäme. Es wurde dann auch ein ganz entspannter, fröhlicher Bummel wie immer.

Fast wie immer, denn heute gab Julia so viel Geld für Marita aus wie noch nie bisher. Marita hatte nur einen leichten Versuch gemacht, es abzulehnen, denn Julia war so fröhlich dabei, sie wollte sie nicht enttäuschen, und außerdem brauchte sie die Kleidung wirklich dringend.

Dann fuhren sie los zu Beates Wohnung. Trotz ihrer Aufregung fiel Marita auf, dass Julia nicht lange suchen musste, sondern zielsicher ein paar Mal hier und dort abbog und schließlich in einer eng bebauten Wohnstraße mit sehr altem Baubestand einen freien Platz zwischen Autos am Straßenrand ansteuerte und einparkte.

„du bist schon mal hier gewesen, sonst hättest du das doch nicht direkt gefunden?"

„na ja, ich arbeite für Beate, sie hat mich schon mal mitgenommen"

Ein bisschen wurmte es Marita schon, dass ihr Julia davon nichts erzählt hatte, aber sie war viel zu aufgeregt, um dem weiter nachzuhängen.

Sie gingen in ein nahe gelegenes Treppenhaus.

Auf der Treppe kam ihnen ein Mann mittleren Alters entgegen und grüßte freundlich lächelnd.

„du kennst ihn?"

Julia zuckte die Schultern ohne etwas zu sagen, dann klingelte sie an der Wohnungstür im ersten Stock mit dem Türschild „Wohlfühlen".

Die Tür wurde geöffnet, eine Frau mittleren Alters, durchschnittlich bürgerlich gekleidet, begrüßte sie

„Hallo Julia, und du bist Marita? Beate erwartet euch schon, du kennst ja den Weg, Julia"

Julia nahm Marita an die Hand und klopfte an die nächste Tür rechts.

Nach einem deutlichen „ja bitte" traten sie ein.

Beate lächelte die beiden an, besonders Marita.

„nett seid ihr zwei angezogen, und trotzdem wart ihr noch einkaufen? Scheint mir ja völlig unnötig"

Marita fühlte sich spontan in ganz vertrauter, unspektakulärer Umgebung. Beate schaute zur Tür und sagte zu der Frau, die ihnen geöffnet hatte

„bring uns bitte Kaffee, Iris"

Die Raumwände waren verdeckt mit vielen Aktenregalen, weiter standen ein Schreibtisch und eine kleine Sitzecke für 4 Personen in dem Raum und ein paar Pflanzen neben dem Fenster, das zum Innenhof zeigte.

„ich muss leider für eine Stunde weg, das ließ sich nicht vermeiden, aber Julia wird dir alles hier zeigen, Kindchen"

Marita mochte nicht, wenn Beate sie mit „Kindchen" ansprach, sie war eine erwachsene Frau, Mutter zweier heranwachsender Kinder, diese Bezeichnung passte ihr nicht.

Dann war Beate auch schon weg. Julia und Marita tranken eine Tasse Kaffee.

„bis jetzt wirkt alles gar nicht nach Rotlicht"

„komm, ich zeige dir alles"

Julia nahm die leeren Tassen und lief schräg über den Flur in eine Wohnküche, jetzt änderte sich das Bild für Marita schlagartig.

Auf der einen langen Seite stand eine Einbauküchenzeile, rechts ein Kaffeeautomat, links beim Fenster ein Fernseher. Gegenüber stand ein viersitziges Polster, in der Raummitte ein runder Tisch mit fünf Stühlen. Die Frau, die ihnen vorhin geöffnet hatte, bestückte gerade die Spülmaschine.

Drei Frauen, zwei am Tisch, eine auf dem Polster, schauten zur Tür

„Hallo Julia".

Marita schaute und ging hinter Julia überrascht in den Raum, die Frauen trugen alle nur Dessous, sie begrüßten Julia und dann auch sie mit Wangenküsschen, das war Marita unangenehm. Alle drei sagten ihren Namen, Marita achtete gar nicht darauf. Dann nahm Julia sie an die Hand und führte sie wieder raus

„komm ich zeige dir die Zimmer"

Auf jeder Seite des Flures waren zwei weitere Türen, am Ende an der Stirnseite noch eine. Zwei dieser fünf Türen waren geschlossen, hinter einer war deutlich das wollüstige Stöhnen einer Frau zu hören. Marita war das sehr unangenehm. Sie war sexuell immer sehr aktiv gewesen und hatte Spaß daran, aber hier und so etwas von anderen mitzubekommen fand sie beschämend. Aber ihre Neugier auf dies alles trat doch sehr schnell wieder in den Vordergrund. Julia führte sie durch die erste offene Tür, der Raum war an Wänden und Decke verspiegelt, in der Mitte stand ein großes rundes Polsterbett, an der Seite ein kleines Tischchen mit einem Sessel. Marita fand es sehr schön und mit Niveau eingerichtet, alles war blitzsauber, hinten gab es einen kleinen Sanitärraum mit Dusche. Es wirkte alles sehr angenehm, Marita empfand es nicht mehr als unnahbare Außenwelt zu ihrem Leben und ihrem Empfinden, aber trotzdem würde sie hier niemals arbeiten wollen, sich wildfremden Männern anbieten.

Julia nahm sie an die Hand und führte sie in ein weiteres Zimmer, hier stand ein Doppelbett mit Baldachin, auch hier an den Wänden und unterm Baldachin große Spiegel, auch hier ein kleiner Duschraum und alles blitzsauber.

„na, zufrieden, hast du einen Eindruck, hast du es dir so vorgestellt?"

„es ist nicht so fremd und unangenehm wie ich dachte, aber ich möchte hier trotzdem nicht arbeiten, ich könnte so etwas niemals tun"

Julia lächelte

„wir laufen noch in die andere Wohnung von Beate, es ist nicht weit"

Marita zog kurz die Augenbrauen hoch, aber eigentlich wunderte sie sich über gar nichts mehr, und lief mit Julia ein paar hundert Meter einige Straßen weiter. Sie gingen durch eine Toreinfahrt in einen Hinterhof, Julia läutete an einer Tür, wieder öffnete eine freundliche, nett gekleidete Frau mittleren Alters

„Hallo Julia, kommt rein"

Offenbar waren sie erwartet worden. Hier waren neben einer Treppe nur ein Küchenraum und ein kleines Büro. Wieder wurden Julia und Marita herzlich begrüßt von zwei jungen Frauen, die allerdings beide kaum deutsch sprachen. Marita schätze sie auf 20 Jahre oder jünger. Was hatten die für einen Start ins Erwachsenenleben? ging es ihr durch den Kopf.

Julia ging mit ihr in den ersten Stock, hier gab es vier Räume, zwei Türen waren geschlossen, hinter einer hörte man ein Gespräch zwischen einem Mann und einer Frau. Julia zeigte ihr die beiden offenen Zimmer, sie waren ähnlich wie drüben eingerichtet, nur etwas kleiner.

Nachdem diese neuen Eindrücke etwas nachließen, wunderte sich Marita schon ein wenig, wie gut Julia sich hier auskannte, sich ungezwungen bewegte, fröhlich von allen wie eine gute Bekannte begrüßt wurde, und ihr kam ein Verdacht

„sag mal Julia, kann es sein, dass du hier auch anschaffen gehst, du bist hier wie zuhause".

Julia schaute sie nur ganz ruhig an

„nein, nein, ich bin nur häufiger mal mit Beate hier, wenn ich ihr bei der Büroarbeit und Besorgungen helfe, das ist mein Job"

Zunächst einmal war Marita beruhigt, es konnte und durfte nicht sein, dass diese geliebte Frau, die sie so bewunderte, eine Hure war.

Julia sagt die Wahrheit

Die folgenden Tage waren Marita und Julia wieder viel zusammen unterwegs, machten Einkäufe, gingen mit den Kindern ins Schwimmbad, gingen spazieren. Das Thema Rotlicht sprachen beide nicht an. Einmal im Stadtcafé nach einem Einkauf, Julia hatte Marita wieder zwei Hosen spendiert, meinte Marita

„weißt du, was schon lange mein Traum ist? ich würde gern eine kleine Pension mit einem kleinen Café betreiben"
„ja, das könnte ich mir auch schön vorstellen, und du kannst gut mit Menschen umgehen, die würden sich wohl bei dir fühlen"
„aber dazu braucht man schon einen Batzen Geld als Anschubfinanzierung, also bleibt es ein Traum"

Julia sagte nichts weiter, aber frohlockte innerlich, bei diesem Traum könnte sie Marita packen.
Am Wochenende fuhren sie wie immer bei schönem Wetter nach C. und machten einen langen Spaziergang.
Marita klagte wieder über die Zudringlichkeiten ihres Chefs und dass ihr Geld vorn und hinten nicht reiche, die Kinder würden immer teurer.

„vielleicht sollte ich mich überwinden, Freddies Werben nachgeben, auch wenn er mich anekelt, aber dann gibt er mir vielleicht ein bisschen Geld dafür"

Sofort war Julia hellwach, genau auf diesen Moment hatte Beate sie eingeschworen, vorbereitet.

„es gibt sicher einen bessere Lösung, und dann kann auch dein Traum von der Pension wahr werden"

„im Lotto gewinnen?"

„nein, es gibt Möglichkeiten, mit weniger Zeitaufwand und ohne Chef deutlich mehr Geld zu verdienen"

Marita hatte sofort eine Ahnung

„ich werde niemals als Prostituierte arbeiten"

„ich muss dir was sagen, Beate hat ihr vieles Geld auf die Weise verdient und ist heute eine reiche, angesehene Frau. Die Zeiten mit Zuhältern, die dich schlagen und dir alles abnehmen sind lange vorbei. Du hast doch auch gesehen, wie sauber es in Beates Wohnungen zugeht. Du müsstest nur eine kleine Miete zahlen für die Zimmernutzung, der Rest gehört dir"

„nein, niemals, und dann lauter fremde und vielleicht auch unangenehme Männer"

„also, ich will jetzt ganz offen sein Marita, ich arbeite dort doch auch und schaffe an, nur so kann ich mir so viel leisten und habe trotzdem so viel Freizeit"

Marita krampfte es das Herz zusammen, also doch, ihre geliebte Julia, sie hatte es geahnt, wollte es aber nicht wahr haben. Kurz traten ihr Tränen in die Augen als sie Julia anschaute. Erst wollte sie sich kurz wehren, aber dann ließ sie es sich doch gefallen, als Julia sie fest in die Arme schloss, mit den Händen ihren Rücken zärtlich streichelte. Marita ließ sich innerlich und äußerlich fallen.

So standen sie eine Weile beieinander, dann trat Julia einen Schritt zurück und schaute Marita ganz lieb und fürsorglich in die Augen „komm, lass uns ganz offen darüber reden, frage mich alles, was dir auf dem Herzen liegt"

Sie liefen weiter, beide schwiegen, Julia hatte Maritas Hand gefasst und drückte sie immer wieder zärtlich und streichelte mit ihrem Daumen über Maritas Handrücken. Marita hatte den Kopf gesenkt, schaute auf den Boden.

Irgendwann schaute Marita zu Julia und die erwiderte ihren Blick mit einem feinen Lächeln. Jetzt fasste sich Marita ein Herz, sie musste alles wissen, sie konnte gar nicht fassen, dass sie dem Rotlichtmilieu so nahe war. War ihre schon lange während Neugierde ein Wink gewesen, wohin ihr Lebensweg ging?

„findest du es nicht schrecklich, immer wieder mit völlig unbekannten Männern ins Bett zu gehen? Wie ist das?"

„zum einen habe ich Spaß am Sex, so wie du auch. Man lernt so viele ganz unterschiedliche Männer von jung bis alt mit ganz unterschiedlichen Wünschen kennen, man kann mit ihrer Wollust spielen, das kann wirklich unheimlich Spaß bringen"

„aber ist es nicht eklig mit immer wieder ganz fremden Männern?"

„wenn man einige Zeit dabei ist, dann hat man viele Stammgäste, dann ist es nichts anderes als wenn man so einen Mann kennenlernt, mit dem man ja auch ein erstes Mal ins Bett steigt und ihn dann immer besser kennenlernt. Manche Kunden gewinnt man richtig lieb. Natürlich kann man sich den Mann nicht aussuchen und es sind auch mal unangenehme dabei, aber insgesamt ist es, als hätte man viele vertraute Liebhaber"

Julia musste dabei allerdings auch an viele unangenehme Begegnungen und Wünsche denken und auch daran, dass es überwiegend einmalige Begegnungen gab, aber sie stellte es Marita so schön wie möglich dar, so dass es gerade noch glaubwürdig klang.

„ich arbeite auf jeden Fall nur mit Gummi, das ist ein Minimum an Hygiene, das bleibt auch bei Stammgästen so. Manche unangenehme Typen oder auch einmalige Besucher wollen dann auch gar nicht zu mir, die wollen etwas ausgefallenes erleben. Und es gibt tatsächlich genug Frauen, die sich ohne Gummi bei allem ein ordentliches Extra verdienen. Aber das ist es mir nicht wert"

Eigentlich klang alles für Marita sehr angenehm, so wie Julia es schilderte war es irgendwie gar nicht so abstoßend wie es bisher in ihren Vorstellungen war.
Trotzdem wiederholte sie

„das kann ich nicht, niemals".

„man sollte nie niemals sagen. Du vertraust mir doch. Du wärest alle deine finanziellen Probleme los. Du kommst über mich und Beate ganz leicht heran, du kannst bei Beate sicher auch besondere Bedingungen über die zeitliche Gestaltung bekommen, du hättest viel bessere Einstiegsbedingungen als andere Frauen. Du kannst dir in ein paar Jahren den Traum von der Pension mit dem Angesparten erfüllen und wieder aussteigen"

„aber bin ich nicht schon zu alt dafür? Die Männer wollen dort doch nur Junge"

„da täuscht du dich, ich bin älter als du und begehrt und Beate hat es bis vor ein paar Jahren noch gemacht, allerdings nur mit ihren Stammkunden. Es kommen viele ältere Männer, gerade auch unter den Stammgästen, die wollen gefühlvolle, erfahrene Frauen, kein exotisches Abenteuer mit einem jungen Mädchen, das kein Wort Deutsch spricht"

„ich kann das nicht",

„du willst es nicht, du bist durch deine Erziehung voller Vorurteile. Gib zu, es würde dich reizen, es auszuprobieren?"

Marita fühlte sich erwischt, genau das war gerade ihr Gefühl. Verschämt sah sie Julia an. Die machte ihr einen Vorschlag

„Wenn deine Kinder das nächste Mal bei ihrem Vater sind, dann kommst du mit mir, wir besuchen dann Beates dritte Wohnung in L. Ich werde dort zwei Tage anschaffen und du probierst es einfach, ich bin ja bei dir und du bist zu gar nichts verpflichtet"

Damit beendeten sie das Gespräch. Marita war ganz in Gedanken versunken als sie sich dann mit ihren Wochenendbekannten im Café trafen. Sie konnte den Gesprächen heute kaum folgen. Julia lächelte sie immer wieder aufmunternd an. Marita war sich ihrer Empfindungen völlig unsicher. War es Angst vor dem nächsten Schritt oder trieb sie schon gespannte Vorfreude, sich zu trauen und dann viel Geld zu verdienen, endlich alle Sorgen los zu sein?

Der Einstieg

Dienstag holte Julia vormittags wie verabredet Marita ab, nachdem die Kinder zur Schule gegangen waren. Gestern hatte Marita zugestimmt, ohne jede Verpflichtung mitzufahren. Sie hatten noch zwei Dessous mit Hemdchen für Marita gekauft, Julia hatte sie beraten und die Kleidung bezahlt. Für Marita überwog gerade der Gedanke, dass sie auf jeden Fall ihrer geliebten Freundin zwei Tage nahe sein konnte und sie würden dort zusammen übernachten. Sie spürte Eifersucht auf die Männer, mit denen Julia zusammen sein würde, und sie spürte Angst vor diesem Schritt für sich selbst.

Julia hatte ihr auf jeden Fall eine Packung Kondome gegeben, die sie in ihrer Handtasche versenkte.

Nach einer knappen Stunde waren sie in L. Sie waren früh dran, Julia wollte Marita alles zeigen und erklären, außer der Empfangsdame war erst ein junges Mädchen anwesend.

Die Zimmer waren wie in den anderen beiden Wohnungen in H. eingerichtet. Hier sah Marita zum ersten Mal auch das kleine Umkleidezimmer mit den Spinden für jede Frau. Immer noch war sie hin- und hergerissen, sollte sie oder sollte sie nicht.

„wir ziehen uns jetzt um, du auf jeden Fall auch, dann kannst du jederzeit mitmachen"

Julia strahlte sie so überzeugend an, Marita wollte es ihrer geliebten Freundin gleich tun, sie hier nicht mit dieser Tätigkeit allein lassen.

Das war im Moment das am stärksten gefühlte Argument. Dann setzten sie sich in die Wohnküche, der Fernseher lief, nach kurzer Zeit kamen noch zwei Mädchen dazu. Die drei anderen kamen aus Polen und Rumänien, konnten kaum Deutsch, so konnten sich Julia und Marita allein unterhalten ohne wirklich Mithörer zu haben.

Julia erklärte noch einmal den Ablauf

„wenn es klingelt, bringt Claudia den Gast in ein freies Zimmer, dann gehen wir nacheinander hin, stellen uns vor, du musst dann wie ich gleich erwähnen, dass du es nur mit Gummi machst. Dann entscheidet der Gast, welche von uns er möchte, die geht dann hin, fragt, wie lange er bleiben möchte und kassiert. Davon gibt sie den festgelegten Betrag ins Büro und den Rest in ihren Spind. Dann bringt sie ihm ein Getränk während er sich entkleidet und hoffentlich auch duscht. Du musst dann kurz die Dusche trocken wischen und dann kannst du dich dem Gast widmen. Du ziehst dich nackt aus und fragst, wie und was er möchte. Viele Gäste wollen sich zunächst auch nur gegenseitig streicheln und unterhalten, manche gar nicht mehr"

„und was mache ich dann, wie fasse ich ihn an, wie lasse ich mich berühren?"

„du machst es ganz entspannt als wenn du mit einem dir sympathischen Mann zum ersten Mal ins Bett gehst, du bist darin doch keine Anfängerin. Hier ist das auch nicht anders als privat, nur dass du immer die Grenzen beachten musst"

Dann klingelte es, Marita zuckte zusammen. Zunächst ging ein junges Mädchen, dann Julia, sie kam zurück und forderte Marita auf

„jetzt du",

„nein, ich kann nicht, nein"

Julia drängte nicht, gab dem zweiten Mädchen ein Zeichen. Marita fand die drei Mädchen sehr hübsch, sie waren jung, hatten niedliche Gesichter, eine gute Figur, große feste Brüste, sicher würde der Gast eine der drei auswählen. Aber dann kam Claudia

„Julia, du wirst gewünscht"

Marita staunte und fühlte sich von Eifersucht erfasst, ihre geliebte Julia ging jetzt mit einem fremden Mann ins Bett. Marita war sehr unruhig, wie lange würde Julia bei dem Gast bleiben?
Nach 15 Minuten klingelte es wieder, die Mädchen schauten Marita an, die schüttelte den Kopf. Dieser Gast musste sich also für eines der drei Mädchen entscheiden. Kurz darauf kam Julia wieder in die Küche, ihr Gast war eine halbe Stunde geblieben. Für die schnelle Nummer war auch eine Viertelstunde möglich, aber die wurde nur selten gewählt, meistens von ganz jungen Gästen.
Julia nahm Maritas Hand, streichelte sie, und lächelte Marita schweigend an. Dann auf deren fragenden Blick

„der war nett und sehr einfach"

Bevor sie richtig ins Gespräch kamen, klingelte es schon wieder. Claudia kam herein

„Julia, dein Typ wird gewünscht"

Marita staunte, keine Vorstellungsrunden, also ein Stammgast.

Julia kam kurz danach noch einmal zu ihr
„er bleibt anderthalb Stunden. Komm, gib dir einen Ruck, vertreibe dir die Zeit mit Geldverdienen"
sie lächelte.
Marita schaute verschämt zur Seite.

Während wieder die Eifersucht in ihr hoch kroch, keimte ein ganz klarer Gedanke in ihr auf, sie wollte es der Freundin gleich tun, sie würde sich jetzt trauen, sie würde es probieren. Umso mehr zuckte sie zusammen und aus ihren Gedanken hoch, als es nach etwa einer halben Stunde wieder klingelte. Als Claudia hereinkam, stand sie entschlossen auf, nickte und folgte Claudia zu dem Zimmer und trat ein. Sie musste sich zusammenreißen, dem Gast in die Augen zu schauen und ihre Stimme drohte zu zittern. Der Mann so Anfang fünfzig, schaute sie aber lächelnd mit sehr netten Augen an, sie sagte ihren Namen, hier nannte sie sich Rita, und er sagte mit sehr ruhiger und freundlicher Stimme seinen Vornamen.
Trotz ihrer Aufregung vergaß sie nicht, gleich zu erwähnen, dass nur mit Gummi in Frage käme. Er nickte lächelnd. Dann ging sie wieder und die drei Mädchen gingen nacheinander zu dem Gast.

Marita zitterten die Finger als sie in der Küche saß und wartete. Was sollte sie nur tun, wenn sich der Gast für sie entschied, sollte sie wirklich...? Aber sicher würde er sich für eines der Mädchen entscheiden.

Dann kam Claudia

„Rita, du wirst verlangt"

Jetzt schoss Marita der Schreck doch in die Glieder, ihre Knie zitterten ein wenig, jetzt war die Grenze überschritten, jetzt war sie eine Hure.

Beate und Julia

Julia war auf dem Weg zu Beate, die hatte angerufen und gebeten, dass sie vor dem Kinobesuch und bevor sie Marita abholen würde, noch kurz zu einem Gespräch bei ihr vorbeikommen sollte.

Julia war eigentlich sehr zufrieden mit sich, sie hatte keine Idee, was Beate von ihr wollte. Jetzt kam Marita schon seit vier Monaten zum Arbeiten in die Wohnung nach L. und sie hatte sehr großen Gefallen an dem gut verdienten Geld gefunden. Nur selten klagte sie über unangenehme Gäste. Julia konnte sie immer wieder leicht beruhigen und ihr Tipps geben, wie sie damit umgehen sollte, besonders nichts persönlich nehmen. Julia gefiel es auch gut, wenn sie nicht mehr nur mit den osteuropäischen Mädchen den Tag verbringen musste.

Nachdem Marita das dritte Mal anschaffen gekommen war, wünschte ein Gast, dass sowohl Marita als auch Julia zu ihm auf das Zimmer kämen. Marita hatte sehr überrascht geschaut.

„das kommt häufiger mal vor. Wir müssen dann eben ein wenig zärtlich miteinander sein, denn manche Gäste wollen einem lesbischen Spiel zuschauen"

„aber ..."

„wir müssen spielen, und wir mögen uns doch, da brauchen wir doch keine Berührungsängste zu haben"

Julia war sich sicher, dass Marita schon lange von zärtlichen Berührungen mit ihr geträumt hatte, sich aber nicht traute. Nun musste sie und es würde ihr sicher nicht allzu schwer fallen. Allerdings war Marita schon etwas scheu, der Zuschauer würde ihr nicht so gefallen.

„wir werden beide bezahlt, aber nur eine muss Sex mit dem Gast haben, das lohnt sich doch"

Als es in den folgenden Wochen zum dritten Mal zu einem Dreier kam und der Gast unbedingt mehr als gegenseitiges Streicheln sehen wollte, hatte sich Marita zu Julias Überraschung schnell ein Herz gefasst und sie mit der Zunge verwöhnt. Ganz offensichtlich machte Marita es aus Liebe, es war nicht nur Spiel.

Julia war so in Gedanken versunken, dass sie an Beates Straße vorbeifuhr. Sie wendete dann und parkte direkt vor Beates Haus.
Beate öffnete schon die Tür als Julia aus dem Auto stieg. Ludwig war im Arbeitszimmer, die beiden Frauen setzten sich ins Wohnzimmer.

„Ich muss mit dir über Marita sprechen, sie ist wirklich ein Gewinn für meinen Betrieb, aber ich erwarte mehr"
Julia sah sie fragend an.
„sie hat bereits ein paar Stammgäste, sie ist sehr beliebt, das ist schön. Aber gerade deswegen wäre es wichtig, dass sie nicht nur zweimal zwei Tage im Monat kommt, sondern häufiger, möglichst

auch an einem festen Tag jede Woche, damit die Stammgäste sich darauf einrichten können"

„aber sie kann doch nur kommen, wenn ihre Kinder beim Vater übernachten, und das ist nun mal alle 14 Tage zwei Nächte".

„sie verdient doch jetzt viel Geld, da muss sie sich eben für einige Tage im Monat einen Babysitter besorgen. Du wirst mit ihr reden, aber natürlich nicht so direkt mit der Tür ins Haus fallen. Pack sie an ihrer Liebe zu dir, sage ihr, dass du sie gern häufiger dabei hättest und male ihr den zusätzlichen Verdienst aus"

Julia war klar, dass Beate gut an beliebten Mädchen und Frauen verdiente und sie deshalb nicht locker lassen würde.

„du wirst dann mit ihr eine Lösung suchen, bis ihr gemeinsam auf die Lösung mit dem Babysitter kommt. Ich rechne mit dir"

Beate wollte Julia einfach einspannen und die menschliche Abhängigkeit zwischen Marita und Julia ausnutzen. Das würde nachhaltiger wirken und Julia sollte einfach auch merken, dass sie für ein größeres Ziel schon Einsatz bringen müsste.

Für Beate war klar, dass sie andernfalls Marita mit Rausschmiss drohen würde und darauf würde es Marita nicht ankommen lassen, sie hatte sich inzwischen an ein gutes Einkommen gewöhnt und konnte auf das Geld nicht mehr verzichten. Da war sich Beate ganz sicher.

„ich brauche zwar schnelle Ergebnisse, aber gehe es bitte trotzdem mit der nötigen Ruhe an, heute Abend ist es kein Thema, klar?"

Sowohl Beate als auch Julia benahmen sich dann abends beim Kinobesuch ganz unbefangen fröhlich und freundlich. Sie versuchten, viel mit Marita zu scherzen und zu lachen.

Julia fuhr Marita wie immer danach heim, Marita hatte es dann immer eilig, wenn die Kinder daheim waren. Sie hatte immer Angst, die Nachbarn würden ihr was anhängen, ihr das Jugendamt auf den Hals schicken, wenn sie die Kinder allein ließ. Das durfte auf keinen Fall passieren. Vor dem Aussteigen umarmte Julia Marita, drückte sie zärtlich

„ich habe dich sehr gern, ich bin froh, dass ich dich getroffen habe und wir so viel zusammen sind"

Marita wurde ganz warm ums Herz, dann verabschiedeten sie sich mit einem Küsschen. „morgen Vormittag gehen wir wie immer einkaufen, kommst du wieder vorher zum Frühstück zu mir?"

Marita nickte und eilte zu ihrer Wohnung.

Am nächsten Morgen kam sie wie üblich mit frischen Brötchen um 9 Uhr zu Julia. Sie unterhielten sich noch über den Film von gestern Abend.

Dann fragte Julia ganz unbefangen

„Übermorgen fahren wir wieder zusammen nach L., ja?"

Marita nickte.

„es wäre schön, wenn du auch ein Auto hättest, dann könnten wir uns abwechseln"

„aber ich kann mir kein Auto leisten"

„du solltest versuchen, öfter als vier Tage im Monat zu arbeiten, dann wäre es kein Problem"

„aber die Kinder"

Julia ging nicht darauf ein, sondern redete weiter

„du könntest so leicht so viel mehr Geld verdienen, du könntest ein Auto kaufen, du könntest auf die Pension sparen, du könntest dir und den Kindern mehr kaufen"

Marita nickte stumm mit niedergeschlagenem Blick.

„weißt du Marita, was mir besonders daran gefallen würde? Wir wären dann viel mehr zusammen, wir könnten uns dort so viel unterhalten, es ist so langweilig mit den Mädchen, wenn du nicht da bist. Und wir könnten dann auch häufiger intim miteinander sein, ich genieße es, du bist eine so zärtliche Frau und Freundin"

Marita wurde rot und schaute Julia verschämt, aber mit strahlenden Augen an.

„aber mein Ex nimmt die Kinder nicht öfter, was soll ich machen?"

Julia tat sehr nachdenklich, schwieg, schien zu grübeln.

„könntest du nicht jemand aus deiner Verwandtschaft bitten, mal nachmittags bis abends aufzupassen. Du bleibst dann nicht über Nacht, sondern fährst Mitternacht wieder heim"

Marita schien alle ihr bekannten Personen vor ihrem geistigen Auge durch zu gehen

„wir sind uns doch einig, dass du schon drei Stammgäste hast.

Wenn du jede Woche da bist, würden sie nur noch zu dir kommen.

Stammgäste sind das körperlich angenehmste und finanziell sicherste, die musst du gut behandeln, für die musst du da sein"

„ich könnte die Tochter meiner Schwester fragen, die studiert und würde sich vielleicht gern etwas verdienen"

„toll, mach das, wir werden schon eine Lösung finden. Dann legst du einen bestimmten Wochentag fest, das ist gut für die Stammgäste und gut für den Babysitter"

Julia frohlockte, fast geschafft, die Tipps von Beate waren Gold wert.

Und Julia war sich aus eigener Erfahrung sicher, dass sich Marita so sehr an das viele Geld gewöhnen würde. Sie würde nie wieder aufhören bei Beate anzuschaffen.

Julia war sehr erleichtert, dass sie Beates Auftrag erfolgreich erledigt hatte, die Anspannungen der letzten Wochen ließen schlagartig nach.

Wie viele ihrer Kolleginnen hoffte natürlich auch Julia auf einen reichen Stammgast, der sie exklusiv für sich haben möchte und sich nur noch außerhalb mit ihr traf. Aber sie hatte auch schon so viele Enttäuschungen bei anderen Frauen erlebt, die dann nach ein paar Monaten Pause doch wieder zum Arbeiten erschienen.

Julia verdrängte alle diese Gedanken, jetzt würde sie gleich mit Marita zum Einkaufsbummel fahren und beide nur an Geld ausgeben und nicht an Geld verdienen denken.

Beate und Herbert

Beate gab der Drehtür etwas zu heftigen Schwung und wäre fast gestrauchelt. Es ging noch einmal gut. Sie trat auf den Hotelvorplatz und stieg in ein Taxi „zum Bahnhof".

In ihrem Kopf schwirrte es, so kannte sie sich selber gar nicht, sie musste schnell wieder einen klaren Gedanken fassen, sie musste sich entscheiden und es sich gut überlegen.

Kürzlich war Ludwig von einem neuen, offenbar sehr vermögendem, Kunden heim gekommen und hatte gleich davon erzählt.

Dieser Mann, er hieß Herbert, war vor etlichen Jahren einmal Stammkunde bei Birgit gewesen. Er hatte gute Geschäfte gemacht und war dann auch im Rotlichtmilieu eingestiegen. Er besaß einen FKK-Club in B. und wollte nun einen zweiten in H. aufmachen. Dafür suchte er eine Geschäftsführerin und hatte sich an Birgit erinnert. Als er erfuhr, dass Birgit die Wohnung nicht mehr betreibt und nicht mehr anzutreffen war, hatte er ausfindig gemacht, dass die Wohnung jetzt Beate und dem Anlagenberater Ludwig gehörte. Er hatte sich mit Ludwig verabredet, wollte ihn engagieren und hat nicht verraten, dass er von Beate und ihrer Rolle wusste. Er hat wie zufällig von seinen Plänen gesprochen, und dass er eine Geschäftsführerin suche, aber Birgit nicht mehr findet. Ludwig hat ihm dann erzählt, dass er mit der Nachfolgerin von Birgit verheiratet ist.

Herbert hat dann den Vorschlag gemacht, ob die beiden sich nicht bei ihm beteiligen wollen, Ludwig begleitet alles als sein Anlagenberater und Beate wird Geschäftsführerin. Beate war zunächst nach der Erzählung erschrocken, sie wollte ihr eigener Herr sein, nicht Geschäftsführer bei einem anderen. Aber Ludwig versuchte ihr klar zu machen, dass dieser Club eine heftige Konkurrenz für ihre Wohnungen sein würde. Erstens würde er selbst dann als Konkurrent auch nicht mehr als Anlagenberater engagiert, also doppelt verlieren, zweitens könnte Herbert sie mit der Preisgestaltung und dem Abwerben der Frauen ganz schön in die Enge treiben. Eigentlich gäbe es gar keine Alternative als dabei zu sein. Dann könnten Club und Wohnungen gemeinsame Werbung machen, die Mädchen rotieren, die Stammgäste hätten die Wahl, gingen aber nicht verloren.

Beate hatte dann zugestimmt, sich mit Herbert zu treffen und ihre Fragen zu klären und etwas über die Bedingungen zu hören und auch ihre Bedingungen zu nennen. Sie war ja auch nicht zimperlich mit anderen, würde also auf der Hut sein, nicht von Herbert über den Tisch gezogen zu werden.

Jetzt kam sie von dieser Besprechung mit Herbert. Er war wirklich knallhart in seinen Zielen, ließ aber erstaunlicherweise über ihre Bedingungen doch mit sich reden. Nach wie vor hatte Beate kein gutes Gefühl, sich abhängig zu machen. Aber sie würde dann noch sehr viel mehr Geld verdienen, andernfalls aber möglicherweise pleite machen und alles wäre umsonst gewesen. Sie war hin- und her gerissen. Aber Herbert hatte sie durch sein Vermögen in der Hand, sie konnte sich nicht gegen ihn entscheiden und die Aussicht auf wesentlich höhere Einnahmen ließen entspannte Ruhe in ihren Kopf zurückkehren.

Ludwig holte sie vom Zielbahnhof in B. ab. Ihm war klar, was in Beate vorging, er drängte nicht, so fuhren sie schweigend heim. Dort schenkte Ludwig ihnen ein Glas Rotwein ein, sie stießen an, dann berichtete Beate. Die beiden diskutierten noch alles lange hin und her und entschieden dann wie kaum anders zu erwarten. Ludwig würde morgen bei Herbert anrufen, zusagen und einen Termin für eine Vertragsverhandlung vereinbaren.

Julia und Marita im Club

Marita war sehr aufgeregt und in Eile, denn in einer halben Stunde würde Julia sie abholen und sie hatte ihre Haare noch nicht gemacht und kein Make-up aufgetragen. Heute erwartete sie kein normaler Arbeitstag in der Modelwohnung.

Sie dachte wieder daran, wie ihr Julia vor zwei Monaten auf der Fahrt zur Arbeit erzählte, dass Beate ihren „Betrieb" erweitern würde. Sie wollte einen FKK-Club eröffnen, der Bau hatte begonnen.

„das wird ein ganz edler Club und das bedeutet natürlich auch wesentlich bessere Honorare von den Gästen"

„bedeutet FKK, dass alle nackt sind?"

„die Frauen ja, aber die Männer tragen einen Bademantel"

„das kann ich nicht, das werde ich niemals machen, ich gebe mich doch nicht zu so einer Fleischbeschau hin"

„das habe ich auch zu Beate gesagt, ich kann das auch nicht"

Das war für Marita völlig glaubwürdig, denn sie hatte während ihrer Freundschaft mit Julia bei vielen Gelegenheiten feststellen können, dass Julia wesentlich prüder zu sein schien als sie. Schon eigenartig, sie verkauften sich an Männer, zogen sich dann vor völlig fremden Männern aus und hatten Sex mit ihnen. Aber vor vielen Männern und Kolleginnen nackt zu sein, das konnten sie sich beide nicht vorstellen.

„Beate möchte uns dort aber unbedingt dabei haben und wir würden dort das Zwei- bis Dreifache verdienen, hat sie gesagt"

Zwei Tage später lud Beate die beiden zum Kaffee ein.

„ich verstehe nicht, warum ihr beide so prüde seid, solche Anwandlungen hatte ich nie. Ich werde aber nicht zulassen, dass ihr nicht wie alle anderen auch in allen meinen Häusern arbeitet, es geht nicht anders"

Julia und Marita hatten abwehrend den Kopf geschüttelt. Marita war froh, dass sie nicht allein da stand, sondern Julia sich noch heftiger wehrte. Dadurch war die Chance sicher wesentlich größer, dass Beate nachgeben würde.

„ich kann das leider nicht allein entscheiden, denn den Club betreibe ich zusammen mit anderen Eigentümern, ich bin nicht mehr mein eigener Herr, aber ich will euch entgegen kommen"

Sie konnte Julia und Marita deren Erleichterung anmerken, Marita hatte schon diese schöne Einnahmequelle entschwinden sehen, wovon sollte sie dann mit ihren Kindern leben, insbesondere weil sie sich an einen gewissen Wohlstand gewöhnt hatten in den letzten zwei Jahren.

„es wird einmal in der Woche einen Dessous-Tag geben wie in anderen derartigen Clubs auch. Manche Gäste möchten das. An diesem

Tag könnt ihr Dessous tragen und auch ein transparentes Hemdchen dazu, aber soweit müsst ihr bereit sein, mehr kann ich nicht anbieten. Aber das sollte kein Problem sein, das tragt ihr in den Wohnungen ja auch"

Ein bisschen zögerten Julia und Marita noch, denn sie sollten so nicht nur in das Zimmer zu einem Gast gehen, sondern sich so dann eben offen für viele Blicke den ganzen Tag bewegen.
Was Marita nicht ahnte war, dass Beate bereits ein eindringliches Gespräch mit Julia geführt hatte. Als ihre Nachfolgerin und Erbin, wie sie immer wieder betonte, hatte Julia keine Wahl. Sie hatte zusätzlich die Aufgabe, Marita auch dazu zu bewegen.

„also gut, ich kann mir das vorstellen"
Marita schaute Julia an und nickte dann auch, sie wären ja zu zweit, sie war nicht allein den vielen Blicken ausgeliefert.
„Marita, du müsstest deinen festen Tag von Mittwoch auf Dienstag verlegen, das sollte möglich sein. Die anderen Tage seid ihr dann eben in den Wohnungen"

Marita hatte in den folgenden Wochen immer wieder mal an diese neue Situation gedacht, es aber meistens gleich wieder verdrängt. Wie es im Club zugehen würde, wie die Kontakte dann zustande kämen und wie es mit dem Verdienst sein würde, konnte sie sich nicht wirklich richtig vorstellen,.

Genau zur verabredeten Zeit war sie jetzt mit ihrem Make-up fertig. Heute wurde der Club mit einer großen Party eröffnet. Wie es sich für einen FKK-Club gehörte war es natürlich kein Dessous-Tag, sondern ein FKK-Freitag. Beate hatte den beiden zugestanden, dass sie heute voll bekleidet am Empfang und hinter der Theke arbeiten durften, also sich nicht den vielen Blicken zur Schau stellen mussten und einfach mal einen Eindruck bekommen konnten, die anderen Mädchen und die Gäste beobachten könnten. Natürlich würden viele Gäste kommen, die sie aus den Wohnungen kannten, aber sie waren heute deren Zugriff entzogen.

Marita hörte Julias Wagen vorfahren, heute war Julia mit Fahren dran. Inzwischen hatte sich auch Marita einen Wagen zulegen können, das war bei den vielen Fahrten auch dringend notwendig. Jetzt wechselten sie sich beim Fahren immer ab.

Marita griff nach ihrer Tasche und eilte hinaus.

Die beiden redeten viel voller neugieriger Aufregung, wie es wohl auf der Party ablaufen würde und wie sie mit dem neuen Arbeitsplatz in Zukunft zurecht kämen.

Inzwischen hatte ihnen Beate auch die Verdienstmöglichkeiten erklärt. In den Wohnungen mussten die Gäste nach Zeit bezahlen und davon mussten die Frauen einen festen Prozentsatz an Beate abgeben. Nur für Extras, die sie beide nicht anboten, konnten Kolleginnen den vollen Betrag behalten. Das war auch der Grund, warum speziell die osteuropäischen Mädchen solche Extras hemmungslos anboten.

Aber für Julia und Marita war das unvorstellbar, soweit ging die Liebe zum Geld nicht.

Im Club mussten die männlichen Gäste und die Frauen einen Tageseintrittspreis zahlen. Die festgelegte zeitabhängige Entlohnung konnten die Frauen komplett behalten. Klar kam da pro Gast mehr Geld rüber. Allerdings waren auch mehr Frauen da als in den Wohnungen, die Konkurrenz war also größer.

Marita erinnert sich

Marita saß auf der Couch und rauchte eine Zigarette. Außer ihr waren heute nur drei weitere Mädchen im Club und bisher, sie war jetzt 2 Stunden hier, waren nur 3 Gäste gekommen und keiner war bisher mit ihr aufs Zimmer. Das würde heute ein schwacher Tag werden, da lohnte wieder mal die ganze Fahrt nicht. Einer ihrer Stammkunden war im Urlaub, da lief dann auch heute Abend nichts, denn Klaus kam immer erst abends. Aber sie hoffte stark, dass ihr zweiter Stammkunde Peter wie immer heute Nachmittag kommen würde, meistens so gegen 15 Uhr. Er hatte es versprochen.

Irgendwie kam ihr alles so unwirklich vor, warum war sie eigentlich hier, wie hatte das alles begonnen? Ihre Gedanken schweiften zurück zu dem Tag als Julia sie angesprochen hatte. Drei Jahre war das jetzt her. Es hatte sich eine wunderbare Freundschaft entwickelt, für sie sogar viel mehr, sie hatte sich unsterblich in Julia verliebt, hatte das auch immer wieder gezeigt und angesprochen. Zwar behauptete Julia ebenfalls, sie zu lieben, aber so tiefe Gefühle waren es auf Julias Seite offensichtlich nicht.

Marita erinnerte sich daran, wie Julia ihr den Einstieg und die Arbeit in Beates Modelwohnungen nahegebracht und ermöglicht hatte. Sie hatte sich niemals zuvor und nicht bis zum ersten Gast wirklich vorstellen können, als Prostituierte arbeiten zu können. Jetzt machte sie das schon seit zwei Jahren. Sie tat es allerdings nicht mit Begeisterung, oft sogar widerwillig. Das Herfahren war immer wieder eine

Überwindung und hier ließ sie alles ablaufen, erlebte es eher wie ein Beobachter. Aber sie hatte sich eben daran gewöhnt, nahm es hin. Und sie hatte sich auch an das gute Einkommen gewöhnt.

Noch nie zuvor in ihrem Leben war es ihr so gut gegangen. Allerdings war sie sich auch sicher, dass sie diesen Weg ohne ihre Liebe zu Julia nie gegangen wäre. Sie wollte alles mit der geliebten Julia zusammen machen, ihr in nichts nachstehen, ihre Anerkennung und Zuneigung gewinnen und erhalten.

So war sie also mit Julia in die Wohnungen gefahren und sie hatten dort zusammen gearbeitet. Diese Nähe half ihr über manche üble Begegnung mit unangenehmen Gästen hinweg. Da sie wegen ihrer Kinder nicht täglich wegfahren konnte, war Julia auch manchmal ohne sie gefahren, deren Kinder waren schon größer und konnten mal allein bleiben, auch wenn sie übernachtete.

Dann kam das Angebot von Beate, hier im Club zu arbeiten, zusätzlich oder im Wechsel mit den Wohnungen. Beate hatte immer wieder versucht ihr nahezubringen, häufiger einen Babysitter zu nehmen und fast täglich zu arbeiten, aber dazu war Marita nicht bereit, sie wollte abends möglichst bei ihren Kindern sein.

Sie fand es unangenehm, sich in einem großen Clubraum öffentlich gleichzeitig mit anderen Frauen und Mädchen den Gästen anzubieten und anzubiedern, wirklich wie käufliche Ware feilgeboten zu werden, direkt beobachten zu können, wie andere Mädchen mit den Gästen umgingen. Aber nackt vor allen, das war für sie völlig ausgeschlossen. Glücklicherweise empfand das Julia ähnlich. Hätte sie sich andernfalls aus Liebe doch durchgerungen? Marita war sich nicht sicher. Aber bei solchen Gedanken durchströmte sie immer eine wohlige Wärme, ein wohliges Schauern tiefer Liebe, für Julia würde sie wohl alles tun. Sie war sich auch immer sicher gewesen, dass Julia auch umgekehrt alles für sie tun würde, sie niemals im Stich lassen würde.

So hatten sie also ihre Arbeit im Club gemeinsam aufgenommen. Seit der Eröffnungsfeier fuhren sie jeden Dienstag gemeinsam in den Club, an Maritas freien Doppeltagen gemeinsam in eine Wohnung und dazwischen arbeitete Julia hin und wieder allein.

Es war Marita auch klar, dass sie alles dem Umstand zu verdanken hatte, dass Julia die Nichte von Beate war. Marita mochte Beate nicht, sie wirkte sehr streng, bei aller oft aufgesetzten Freundlichkeit schien sie ihr unnahbar und nicht wirklich fröhlich. Sie fühlte sich immer von beiden beobachtet und bewertet. Sie war sich darüber im Klaren, dass sie diese Einnahmequelle längst wieder verloren hätte ohne Julia.

Eigentlich war es eine eigenartige Beziehung zwischen ihr und Julia. Ihre Liebe war einseitig, für Julia war es Freundschaft. Manchmal erschien es Marita so, als könne Julia gar nicht lieben, auch nicht die Männer in ihrem Leben. Sie hielt es vielleicht für Liebe, es war aber nicht die tiefe Liebe, die Marita empfand. Sie blickte auf zu dieser geliebten

Frau, sie tat alles für Julia als wäre sie ihr drittes Kind.

Sie hatte sich nie zu Frauen hingezogen gefühlt, sie hielt sich nicht für lesbisch, und doch hatte sie sich von Anfang an eine intime Beziehung mit Julia gewünscht. Sie hatte sich nicht getraut es anzusprechen, schon gar nicht einen ersten Schritt zu machen.

An ihrem ersten Tag in der Modelwohnung, als sie beim Umziehen fast zitterte vor Aufregung und auch vor Scham, was sie hier tun würde, nahm Julia sie in die Arme, gab ihr ein Küsschen. Dann schaute Julia ihr tief und ruhig in die Augen und küsste sie wieder und diesmal drückte sie ihr die Zunge zwischen die Lippen, Marita ließ es voll wohliger Überraschung geschehen, erwiderte das Zungenspiel. Sie war überwältigt, selig, zum ersten mal in ihrem Leben tauschte sie mit einer Frau, mit dieser geliebten Frau einen intensiven, tiefen und zärtlichen Zungenkuss. Zunächst geschah nichts weiteres in ihren körperlichen Kontakten außer solchen intensiven Küssen, Marita scheute sich auch weiter, dieses Thema anzusprechen.

Und dann kamen in der Modelwohnung die Kundenwünsche nach lesbischen Szenen und sie hatte eingewilligt, sie konnte ihre geliebte Julia nach Herzenslust streicheln und auch mit der Zunge verwöhnen. Sie tat es voller Liebe und ohne Hemmungen, sie vergaß den Gast vollkommen, sah und spürte nur ihre geliebte Julia. Aber auch diese Spiele waren immer ganz einseitig, Julia streichelte sie zwar, aber weiteres intimes Verwöhnen nahm sie an Marita nicht vor. Zunächst war das Marita gar nicht bewusst, aber im Laufe der Zeit wurde der Wunsch, auch von Julia sexuell befriedigt zu werden, immer stärker. Trotzdem traute sie sich nicht, das anzusprechen.

Nach einem halben Jahr in der Modelwohnung machten die zwei einen gemeinsamen Frauenurlaub, allein ohne Kinder. Auch in diesem Urlaub wurden sie mehrmals intim miteinander, aber die sexuelle Befriedigung blieb weiter einseitig, die Sehnsucht danach nahm bei Marita ständig zu. Auch im Club spielten sie immer wieder lesbische Szenen, die von Marita ganz und gar nicht gespielt wurden.

Nach einem halben Jahr im Club, sie kannten sich jetzt über zwei Jahre, gewann Julia einen neuen Stammgast für sich. Er kam jeden Dienstag, wollte nur zu Julia und ab dem dritten Mal blieb er 3 Stunden mit Julia auf dem Zimmer. Zwei- bis dreimal in der Woche besuchte er Julia dann auch noch an anderen Tagen in der Modelwohnung. Marita war eifersüchtig, sie fühlte sich zurückgesetzt und ihr fehlte die Unterhaltung mit Julia, wenn sie auf Gäste wartete.

Und dann kam die absolute Katastrophe. Sie waren auf der Fahrt in den Club als Julia sie ansprach

„ich muss dir etwas sagen. Udo holt mich nachher vom Club ab, ich arbeite heute nicht"

Zum Glück saß Julia am Steuer, Marita nahm nichts mehr um sich wahr, versuchte völlig irritiert zu verstehen, was Julia gerade gesagt hatte, sie schaute Julia verstört an

„wie meinst du das, er holt dich ab"

„Udo möchte, dass ich seine Lebenspartnerin werde, er gibt mir ab sofort so viel Geld, dass ich nicht mehr bei Beate arbeiten muss, Udo will das auch nicht"

„Aber du kannst mich doch nicht allein lassen, wir haben das doch immer zusammen gemacht, du gehörst doch zu mir"

Erst langsam dämmerte ihr, was Julia gerade gesagt hatte, was das bedeutete.

Sie müsste allein ohne Julia in der Modelwohnung und im Club arbeiten. Sie würde dann an diesen Tagen ohne Julia sein, gerade an diesen Tagen. Sie machte das doch nur wegen Julia. In diesem Moment hatte sie nur einen Gedanken, sie musste auch aufhören.

Dabei wurde ihr klar, dass sie auf das Geld angewiesen war, sich auch an das viele Geld gewöhnt hatte, sie konnte nicht aufhören.

Julia hatte ihren Udo, aber was sollte sie machen. Und an den anderen Tagen musste sie nun Julia mit einem Mann teilen, vieles gemeinsame würde nicht mehr stattfinden.

Voller Eifersucht und Zorn beschimpfte sie Julia, sie schrie, sie weinte.

„Schätzchen, ich kann es nicht ändern, es ist doch eine Chance für mich, die du mir gönnen musst, dadurch wird sich doch nichts zwischen uns ändern, ich bin doch weiter für dich da"

Das sah Marita ganz anders. Sie zog sich ganz in sich zurück, sprach die restliche Fahrt kein Wort mehr und hielt sich dann im Club fern von Julia. Die hatte sich nicht umgezogen.

Dann kam Udo. Julia wollte noch einmal zum Abschied mit ihm aufs Zimmer, das wollte er aber nicht, so verließen sie sofort den Club. Marita dachte mit Schaudern an den Tag, an den Moment zurück. Sie fühlte sich so allein, so im Stich gelassen, die Welt brach für sie zusammen.

Aber sie war eine starke Frau, sie machte weiter, schon wegen ihrer Kinder.

Und natürlich traf sie sich weiter bei jeder möglichen Gelegenheit mit Julia. Marita litt darunter, wenn Julia dann immer von Udo erzählte, es war dann wie ein stechender Schmerz als Julia am Handy zu ihm sagte „ich liebe dich".

Auf einem ihrer üblichen Sonntagsausflüge, die allerdings wegen Udo nicht mehr jede Woche stattfanden, fasste sich Marita ein Herz, sprach Julia darauf an, dass sie sich im Stich gelassen fühlte, dass sie die Arbeitstage wie in Trance, wie eine völlig fremde Welt erlebte, zu der sie nicht gehörte.

„ach Kindchen, du solltest wegen des vielen Geldes Spaß daran haben, denke eben immer an das Geld. Und dann kannst du doch versuchen, auch einen Stammgast heranzuziehen, in dich verliebt zu machen, dann holt er dich auch dort raus. Du siehst doch, dass es geht. Du schaffst das auch"

Marita mochte nicht, wenn Julia „Kindchen" zu ihr sagte, sie war innerlich zornig, und sie wollte nicht die Partnerschaft mit einem Stammgast.

Marita fühlt sich verlassen

Seit vier Wochen war Julia nicht mehr in den Club oder die Model-wohnung gekommen. Allerdings war Julia unter der Woche oft daheim in B. und traf sich dann mit Marita. Wie schon bisher fuhr Marita dann früh immer mit frischen Brötchen zu Julia und sie frühstückten. Aber es war nicht mehr dasselbe. Marita war betrübt, verletzt, Julia fröhlich wie nie zuvor.

Sie machten weiter zusammen Einkäufe, Marita trug die Taschen. Julia ließ für Maritas Gefühl zu arg durchblicken, wie gut es ihr jetzt ginge. Sie wollte noch mehr für Marita kaufen. Angabe oder gut gemeint? Es wirkte auf Marita nicht wirklich ehrlich. Sie wollte es noch weniger als bisher. Wenn Julia ein paar Tage bei Udo war, dann sah Marita nach Julias Wohnung und füllte den Kühlschrank. Die beiden erwachsenen Söhne von Julia wohnten zwar noch dort, aber die kümmerten sich um nichts. Und Marita war nach wie vor verliebt in Julia, bereit, alles für Julia zu tun, obwohl sie sich so verletzt und im Stich gelassen fühlte.

Jetzt musste sie immer allein zur Arbeit nach L. fahren und fühlte sich dort so verlassen. Sie ließ wie in Trance diese Stunden und Tage über sich ergehen. Wenn sie in der Modelwohnung arbeitete, dann war dort wenigstens die nette Hausdame, mit der sie sich unterhalten konnte. Im Club waren außer den Mädchen nur die beiden Frauen am Empfang. Die eine war zwar sehr nett und Marita unterhielt sich hin und wieder mit ihr, aber sie durfte während der Arbeit nicht an den Empfang, in Dessous musste sie in den inneren Clubräumen bleiben.

Alle paar Tage kam Julia mal vorbei, mit allen zu schwätzen und vorzuführen, wie gut es ihr ginge. Marita fand das von Mal zu Mal abstoßender, mied im Club die Nähe zu Julia.

Beate entging die Stimmungsänderung nicht. Sie nahm Marita zur Seite und sprach tröstend auf sie ein

„Kindchen, sei nicht so traurig, das schadet dem Geschäft, ich möchte hier fröhliche Mädchen und Frauen. Ich bin sicher, dass Julia bald wieder zu uns kommt, so etwas geht nie lange gut"

Sie sprach von ihren eigenen Erfahrungen, dass die Stammgäste zwar gutes Geld bei ihren Mädchen hier ließen, aber eine Frau mit Familie draußen zu finanzieren, wäre für die meisten Männer doch irgendwann nicht mehr zu stemmen. Dann käme unweigerlich die Trennung und die Rückkehr in den Club. Aber es war für Marita ein schwacher Trost, wenn Julia nur zu ihr zurück käme, weil Udo sie nicht mehr finanzieren könnte.

Sie wollte Julias Liebe, sie wollte Geborgenheit zu zweit. Sie wollte so von Julia gemocht und bemuttert werden wie sie es für Julia tat und empfand.

Aber sie wusste nur zu genau, dass Beate recht hatte. Früher hatte sie Gefallen daran, mit den Gästen zu flirten. Obwohl sie nach Julia die mit Abstand älteste hier war, hatten sich immer viele Gäste für sie interessiert, sie konnte sich nicht beklagen über ihre Einnahmen. In letzter Zeit war ihr aber nicht nach Flirten. Sie schaute eigentlich niemanden an, schon gar nicht freundlich, sie schaute innerlich in die Ferne, dachte an Julia und Udo, dachte daran aufzuhören, um sofort wieder klar zu erkennen, dass sie für ihre Kinder sorgen musste, dass sie diese Einnahmen brauchte.

Und ihr Verhalten hatte sich schon ausgewirkt, sie hatte an manchen Tagen nur zwei Gäste, für die dadurch geringen Einnahmen lohnte sich fast die ganze Fahrerei nicht.

Sie riss sich also zusammen, konzentrierte sich darauf, mit freundlichem Gesicht flirtende Blicke zu verschicken. Und es klappte, meistens jedenfalls. Sie war wieder ein bisschen zufriedener mit sich. Irgendwie verstand es Beate sehr geschickt, ihre Mädchen bei Laune zu halten ohne Druck.

Heute hatte ihr Julia angekündigt, dass sie mit Udo zwei Wochen in Urlaub fliegen würde. Wie gern wäre auch Marita mal wieder in Urlaub gefahren. Seufzend erinnerte sie sich an die gemeinsamen Urlaube mit Julia in den letzten drei Jahren. Julia hatte sie immer eingeladen. Marita ahnte allerdings nicht, dass das alles Beate finanziert hatte, um sie an Julia und den Club zu binden.

Marita und Julia hatten mehrere Jahre alles gemeinsam gemacht in einer exklusiven Freundschaft und nun fühlte sich Marita wie das fünfte Rad am Wagen und war traurig und wieder allein, fühlte sich einsam.

Nach Julias Urlaub platzte die dann mit der Nachricht raus, dass Udo ihr ein Auto bestellt habe, ein oberes Mittelklasse Cabrio, nächsten

Monat würde sie es bekommen. Sie vergaß auch nicht zu erwähnen, was der Wagen kostet, also Udo wohl unermesslich Geld hätte und sie unbegrenzt finanzieren könnte und würde.

Marita stürzte innerlich sehr tief. Hatte Beate sich in Julia und Udo doch getäuscht?

Marita war sich sicher, dass Beate das nicht gefallen würde.

Stammgäste

Die Situation mit Julia gefiel Beate wirklich ganz und gar nicht. Es war ohne Julia nicht nur eine beliebte Hure höheren Alters weniger im Club, Maritas Traurigkeit verringerte auch ihre Attraktivität für die Gäste und es kam hinzu, dass es zwei Stammgäste gab, die immer ein lesbisches Spiel zwischen Julia und Marita sehen wollten. Diese Gäste waren sehr enttäuscht.

Beate nahm wieder Marita zur Seite und erklärte ihr dieses Problem. Sie müsse das unbedingt lösen und dieses Spiel mit einem anderen Mädchen machen. Marita war entsetzt. Sie war dazu nur in der Lage gewesen, weil sie Julia so sehr liebte. Sie konnte sich Intimitäten mit einer anderen Frau nicht vorstellen. Sie wollte es nicht nur nicht, sondern sie hätte das Gefühl, ihre geliebte Julia zu betrügen.

Nein, nein, nein.

Beate blieb hart

„Kindchen, du musst, ich brauche eine Lösung. Du wirst doch ein nettes Mädchen hier finden. Ich glaube, keine hätte ein Problem damit, dich zu lecken gegen gutes Geld. Dann bist du eben passiv, Hauptsache du spielst die Lüsternheit gut"

Nein, nein, nein.

Aber ihr war klar, sie müsste sich wahrscheinlich überwinden, mit Beate war nicht zu spaßen. Auch jetzt wirkte die streng und durchsetzungsfähig und versuchte noch einen milden Anstoß

„du sollst beim Flirten schon deutlich hetero sein und bleiben, das steigert deine Attraktivität bei den Gästen. Aber bei Spezialgästen musst du eben mal über deinen Schatten springen"

In Maritas Gedanken wurde der Drang immer größer, hier auch auszusteigen, so wie Julia. Sie sollte ernsthaft darüber nachdenken oder sich bemühen, auch einen Stammgast zu finden, der sie hier herausholen könnte. Klar hatte jede hier ein paar Stammgäste, aber er sollte schon sympathisch sein, denn mit ihm allein draußen, da ging es dann doch auch schon um mehr als nur Geld. Aber andererseits musste er auch reich genug sein, sie aushalten zu können, und zwar auf Dauer.

Sie hatte einen Stammgast seit Beginn des Clubs. Er war ein netter, ruhiger Gast um die 60, der am Dessous Tag abends in den Club kam und dann mindestens 3 Stunden mit ihr auf dem Zimmer blieb und ihr neben dem Vereinbarten immer noch etwas extra zusteckte. Meistens unterhielten sie sich nur, er wollte nie mehr als gegenseitiges Streicheln, manchmal verwöhnte er sie auch mit der Zunge, wollte aber keine entsprechenden Gegenleistungen. Sie fühlte sich bei ihm wohl, denn er war eben einfach nett und ruhig und er nahm sie vom Markt in der Clubhöhle und er war eine sichere Einnahmequelle. Er hatte sie auch schon mehrfach darauf angesprochen, ob sie sich auch mal außerhalb treffen könnten. Aber das war ein absolutes Tabu hier im Club. Entweder, oder. Da verstand Beate keinen Spaß. Sie würde auch nie akzeptieren, das Julia hier hin und wieder aktiv wäre. Raus ist raus.

Klaus hatte Marita auch schon vorgeschlagen, mit ihr eine Woche nach Venedig zu fahren und dort Shoppen zu gehen.

Sie hatte ihn vertröstet, weil sie ihre Kinder nicht allein lassen könne.

Wäre der ein Kandidat für sie? Hier war er akzeptabel, hier hatte sie außerdem mit vielen Männern Sex.

Aber mit einem Mann draußen allein im Hotel?

Sie konnte es sich nicht vorstellen. Es war doch ein riesiger Unterschied zwischen Anschaffen und einer Beziehung. Das eine wie das andere hatte Vorteile wie Nachteile. Marita stellte fest, dass ihre Sympathie für Klaus nicht ausreichte. Da fehlte ihr einiges, was sie gar nicht richtig beschreiben konnte, es war ein ganz tiefes Gefühl. Und sie konnte auch nicht abschätzen, ob er sie wirklich finanziell dauerhaft aushalten könnte.

Seit ein paar Monaten hatte Marita nun noch einen zweiten Stammgast, Peter, der zunächst maximal eine Stunde mit ihr aufs Zimmer ging. Er war ihr sehr sympathisch und nur wenig älter als ihr Stammgast Klaus.

Als Peter sich bei ihrem ersten Zusammentreffen wunderte, dass er sie bisher bei seinen Besuchen hier nicht getroffen hatte, ließ sie ihn schnell wissen, dass sie immer nur am Dessous Tag hier sei. Sie hoffte, dass sie ihm gefiel und er es immer so einrichten würde, dann zu kommen.

Sie erfuhr von den anderen Mädchen, dass er schon oft hier gewesen war, aber immer an anderen Wochentagen, und dass er dann eigentlich immer mit drei Mädchen nacheinander aufs Zimmer gegangen war. Nun kam er immer nur an ihrem Tag und wechselte auch nicht mehr, sondern steigerte das Zusammensein mit ihr auf dem Zimmer auf drei Stunden. Auch mit ihm konnte man sich toll unterhalten, die Zeit verging immer im Fluge. Er legte allerdings mehr Wert auf Sex als Klaus. Peter wollte ab dem zweiten Treffen sie auch immer mit der Zunge verwöhnen und er wollte mit der Hand zum Höhepunkt gebracht werden. Anders war es ihm nicht möglich, denn sie bestand auf Gummi und er hatte Erektionsschwierigkeiten mit Gummi.

So hatte sie an dem Dessous Tag nun nachmittags und abends je drei Stunden einen Stammgast, die Tageseinnahme war gesichert und sie hatte kaum Zeit für andere, das gefiel ihr.

Anders als Klaus kam Peter auch an allen ihren Tagen in der Model-wohnung. Durch den unterschiedlichen Rhythmus ihrer Aufenthalte hier und dort konnte es vorkommen, dass sie sich manchmal drei Tage direkt hintereinander trafen. Sie bekam von Peter also deutlich mehr Geld als von Klaus, und sie verstanden sich wundervoll.

Maritas Entscheidung

Wenn Julia früher oft gesagt hatte, Marita solle sich einen Stammgast angeln, der sie finanziell auch außerhalb vom Club unterstütze, so wie sie selbst es auch mache, konnte Marita sich das für sich nicht vorstellen. Klaus war nett, aber ihre Sympathie reichte nicht für eine engere Beziehung. Und ob er sie finanziell wirklich vollkommen aushalten konnte, sie aus dem Club befreien konnte und wollte, konnte sie nicht wirklich einschätzen. Das würde schon mehr von ihm verlangen als ein paar Shopping Tage.

Und wirklich glücklich und zufrieden schien auch Julia nicht zu sein. Sie verschliss doch immer nach einigen Monaten ihre Stammgäste, denen es möglicherweise doch zu kostspielig wurde. Julias derzeitiger „Freund" war zudem eifersüchtig, er hasste es, wenn Julia auch nur zu einem Besuch im Club erschien und er war eifersüchtig auf Marita. Gemeinsame Unternehmungen von Julia und Marita abends oder am Wochenende waren vollkommen zum Erliegen gekommen. Er akzeptierte bestenfalls gemeinsames Einkaufen der beiden. Julia ging es finanziell gut, Udo hatte ihr auch ein Auto gekauft, aber wirklich glücklich wirkte sie nicht. Sie wurde oft sauer auch gegenüber Marita, Julia begann viel Alkohol zu trinken. Das fand Marita alles nicht so erstrebenswert, Geld war nicht alles, und sie wollte sich auch nicht in eine totale Abhängigkeit begeben. Sie begann, Klaus ein wenig in ihren Zukunftsgedanken abzuhaken.

Ihre Gedanken waren immer häufiger bei Peter. Er war ihr wirklich richtig sympathisch, hatte so wunderbare Ansichten, konnte viel erzählen aus seinem Leben und von seiner Familie, er war sehr tolerant. Er mochte sie offensichtlich sehr gern, hatte ausgesprochen, dass er sie liebt, aber er würde sie gerade deshalb nicht unter Überwachung stellen. In vielen Diskussionen hatte er glaubwürdig gemacht, dass er eine Partnerin niemals einsperren würde, niemals fordernd eifersüchtig sein würde, er eigentlich alles, was sie sich für sich wünsche, tolerieren und akzeptieren würde, geduldig auf ihre Liebe warten würde. Sie kannte so etwas bisher von niemandem, aber sie glaubte es ihm auf Anhieb. So einen Partner hatte sie sich immer gewünscht. Aber Peter hatte Familie, war verheiratet, gab nie vor, sich scheiden lassen zu wollen. Diese Offenheit machte ihn zwar sehr sympathisch, aber eben nicht zum idealen Partner. Er war sehr großzügig. Aber hatte er genug Geld, sie dauerhaft auszuhalten? Marita konnte es nicht einschätzen.

Irgendwann fiel tief in ihr eine Entscheidung. Wenn sie eine Beziehung eingehen wollte, dann eher mit Peter als mit Klaus. Schon seit ein paar Wochen hatte sie sich nicht mehr so wie früher auf Besuche von Klaus im Club gefreut, er wurde für sie langsam zu einem Gast wie jeder andere. Aber wenn Peter seinen Besuch angekündigt hatte, und er kam immer an ihren Tagen, dann war sie ganz aus dem Häuschen vor Freude und es fiel ihr nach seinem Gehen sehr schwer, wegen Geld noch mit anderen Gästen aufs Zimmer zu gehen. Klaus hörte sie gar nicht mehr richtig zu, gab verwirrte Antworten, denn ihre Gedanken waren bei Peter. Der blieb jetzt immer drei Stunden mit ihr auf dem Zimmer. Er ersetzte also locker vier andere Gäste und zudem fühlte sie sich auch noch wohl bei ihm.

Bei seinem nächsten Besuch reden sie zunächst über Maritas Beziehung zu Julia.

Peter spricht sie auf ihre Unternehmungen (Konzerte, Spaziergänge, Einkäufe) an und ob sie das noch mit Julia macht. Marita bestätigt das, meint aber, dass das immer seltener und schwieriger wird, weil Julias Freund eifersüchtig auf sie sei.

Dann legt Marita sich plötzlich neben Peter auf den Bauch und redet über Julia und sich.

„Ich war noch nie zuvor so fasziniert von einem Menschen wie von Julia. Dann ist mir klar geworden, dass ich mich in Julia verliebt habe. Ich habe mich dagegen gewehrt, war der Meinung, dass ich mich nicht für Frauen interessiere. Aber mit Julia sei das anders gewesen. Wir hatten keine sexuelle Beziehung, Julia schien auch nicht bereit, außer lesbischen Spielen hier auf den Zimmern als Show für die Gäste. Nur zweimal sehr zurückhaltend hat sie mich kurz leicht im Genitalbereich berührt, sonst hat sie sich sehr zurückgenommen. Ich war immer die Gebende gewesen, habe sie verwöhnt. Wir haben alles zusammen gemacht, sie hat mich hierher gebracht und plötzlich hat sie mich hier allein gelassen. Ich musste dann allein hierher kommen, was mir sehr schwer gefallen ist. Komischerweise küsst sie mich oft in Gegenwart ihres Freundes eher provokativ heftig als sonst, so als wolle sie ihn ärgern. Sie hat mir gesagt, dass sie richtig hart genommen werden will und das von ihrem Freund bekomme. Julia ist in ihrer Art meiner Mutter sehr ähnlich, vielleicht ist das der Grund für ihre Anziehung auf mich, weil meine Mutter immer so unerreichbar für mich war. Und ich liebe Julia, das spüre ich nach wie vor. Es ist alles so schwer. Ich habe sehr viel verloren durch Udo und ich bin noch nicht damit fertig, ich habe es nicht überwunden. Manchmal möchte ich alles hinwerfen"

Peter nimmt sie fest und zärtlich in die Arme, drückt und liebkost sie
„Wahrscheinlich hast du es bemerkt, ich habe mich in dich verliebt"
Marita scheint total überrascht
„verliebt? ich dachte du hast mich einfach auch nur sehr gern"

Bei dieser Formulierung bleibt für ihn offen, ob sie ihre Gefühle für ihn meint oder Julias Gefühle für sie. In diesem Moment ist allerdings sehr klar, dass Marita, bis jetzt wenigstens, keine Liebe für Peter empfindet, die gehört noch Julia.
Natürlich hat Peter Angst, Marita könnte sich abwenden
„ich möchte deine Probleme nicht vergrößern, ich werde dich niemals bedrängen, aber ich liebe dich, ich kann nichts dagegen tun. Es ist ganz unvernünftig, aber es ist so".

Peter fragt nach dem weiteren Verlauf seines letzten Besuchtages für sie. Später erzählt Marita, dass sie mit ihm nur drei Gäste hatte, und es in der Modelwohnung derzeit lukrativer ist als hier.

Dann spricht sie die Konkurrenz im Nachbarort an, die demnächst. eröffnet, riesig mit allem drum und dran, und sie Angst habe, dass dieser Club mittelfristig zumachen könnte. Das ist für Peter natürlich auch ein Schock. Marita würde auf keinen Fall irgendwo anders als hier arbeiten, also dann nur noch in der Modelwohnung. Peter spricht die Ausbildung zur Tantra-Masseuse als Alternative für sie an, aber Marita will das auf keinen Fall machen. Hier ist sie über Julias Vermittlung hergekommen, daran hat sie sich jetzt gewöhnt, aber was anderes niemals. Dann fragt Peter, ob alle Frauen selbstständig sind und entscheiden können, wann und wo sie arbeiten. Marita meint „ja", allerdings würden einige Polinnen oder Rumäninnen manchmal gebracht und geholt, möglicherweise von Zuhältern. Marita spricht noch mal von ihren Anfängen, wie Julia und deren Tante Beate sie überredet haben. Sie ist damals einfach mit dem Einkommen aus dem Fitnessstudio nicht ausgekommen. Peter fragt ein bisschen nach den Einnahmen hier und den Steuern und sonstigen Abgaben. Marita ist nicht rentenversichert, das findet er gar nicht gut. Aber sie meint, sie schaue nur auf jetzt, da reiche die Krankenkasse.

Peter neckt

„dann musst du dir einen reichen Freund im Alter suchen"

„ bei manchem Kunden, der wohlhabend scheint, habe ich schon daran gedacht, aber Geld allein reicht nicht, da muss schon mehr da sein an Sympathie"

Beate muss nachgeben

Sehr nachdenklich ruft Beate die anwesenden Mädchen und Frauen zusammen. Sie kommt gerade von einem Gespräch mit ihrem Geschäftspartner Herbert und seiner Tochter. Er verlangt, dass der Dessous-Tag wegfallen soll. Es gab Beschwerden von Gästen und Mädchen. Die meisten Mädchen wollen nackt sein auch im Gemeinschaftsraum, wollen sich präsentieren vor den Kunden, sie fanden den Dessous-Tag noch nie gut. Viele Gäste, wollten auch sofort nackte Tatsachen sehen, sich daran ergötzen, nicht erst auf den Zimmern. Dazu sei es ihnen wichtig, nicht so genau den Tag planen zu müssen, sondern bei jedem spontanen Kommen auch wirklich Nackte anzutreffen.

Beates Einwand gegenüber Herbert, dass die Konkurrenz auch einen solchen Tag habe und damit gute Erfahrungen mache, und die Gäste, die gerade wegen des Dessous-Tags kämen, dann nur noch zur Konkurrenz gehen würden, konnte Herbert aber nicht beeindrucken.

So musste Beate schließlich nachgeben, denn Herbert hatte das meiste Geld investiert und damit das Sagen.

Nun stand sie vor der versammelten Weiblichkeit, soweit gerade anwesend, und teilte ohne Umschweife und Begründungen mit, dass der Dessous-Tag in Zukunft entfallen werde, alle täglich nackt sein müssten.

Zwei miteinander befreundete junge Mädchen sagen leise

„dann kommen wir nicht mehr, das können wir nicht"

Beates Kommentar

„kommt bitte in einer Stunde in mein Büro"

Natürlich hatte sie mit solchen Reaktionen gerechnet und sich überlegt, wie sie verhindern könnte, diese Mädchen und damit deren Stammkunden an die Konkurrenz zu verlieren.

Dabei machte sie sich am meisten Sorgen um Julia und Marita. Bei Julia könnte sie es einfach anordnen, die war auch nicht so prüde, war ja auch schon an anderen Tagen hier. Aber Marita war prüde, die würde sicher nicht wollen. Die war überhaupt nur hier wegen der von Beate geforderten und geförderten engen Beziehung von Julia zu Marita. Die beiden waren zunächst immer nur gemeinsam gekommen, sonst wäre Marita sicher bald wieder abgesprungen. Beate wollte sie aber halten, denn sie hatte einige gut zahlende Stammgäste gebunden. Sie musste die beiden für einen der nächsten Abende zum Essen einladen und die Veränderung mit ihnen besprechen. Es musste eine Lösung geben und bisher hatte sie doch immer eine gefunden. Zwei Tage später trafen sich die drei in ihrem gemeinsamen Wohnort zum Abendessen in einem noblen Restaurant. Marita fühlte sich dort immer unwohl, deplatziert, denn sie konnte sich so etwas nicht leisten, fühlte sich durch solche Einladungen unter Druck gesetzt.

Nachdem das Essen bestellt war, eröffnete Beate den beiden Frauen die bevorstehenden Veränderungen. Sie sei abhängig von ihren Geschäftspartnern, sie hätte alles versucht, die aber nicht umstimmen können. Julia ist wenig beeindruckt von der Änderung, sie ist ja bisher auch an anderen Tagen dort gewesen und im Moment war ihr sowieso das alles egal, weil sie wegen Udo ja gar nicht mehr käme. Marita war entsetzt, nein, das könne sie auf keinen Fall, sie könne nicht öffentlich nackt rumlaufen.

Beates Erwiderung
„na ja, von öffentlich kann ja wohl keine Rede sein"
klang fast hilflos.

Julia wusste, was von ihr erwartet wurde, ihre Tante hatte sie schon telefonisch auf Linie gebracht. Sie versuchte Marita zu beruhigen

„wir kaufen dir einen Hauch von Tuch oder Hänger, durch den die Gäste alles sehen, du dich aber angezogen fühlst"
„ich weiß nicht, das ist doch trotzdem nackt, ich mag das nicht"
„wir gehen morgen in die Stadt und suchen zusammen etwas für dich"

Marita stimmte dem Einkaufsbummel zu, Beate war erst einmal beruhigt.

Am nächsten Vormittag gehen Julia und Marita dann in die Stadt. Julia steuert gleich auf einen Sex-Shop zu. Marita sträubt sich. Julia schiebt umarmend

„woanders werden wir nicht finden, was wir suchen"

Also gibt Marita nach, sie fühlt sich gar nicht wohl und ist sehr erstaunt, dass sich Julia und die Verkäuferin sehr gut zu kennen scheinen.

„du warst schon öfter hier"

„Ja klar, woher habe ich wohl meine Dildos und die für dich?"

Sie suchen zusammen nach einem Hauch von Nichts für Marita und werden auch fündig.

Julia wirkt sehr zufrieden und gelöst als die zwei den Laden wieder verlassen.

Daheim ist dann Marita sehr unruhig, sie kann sich auf nichts konzentrieren, vergisst völlig, für die Kinder zu kochen, bereitet im letzten Moment eine Tiefkühlpizza vor.

In ihrem Kopf läuft ständig die Vorstellung ab, wie sie völlig nackt in der Cluböffentlichkeit von allen begafft wird. Der Gedanke ist und bleibt ihr unerträglich. Sie kann abends erst nicht einschlafen, wacht immer wieder auf, ist früh völlig gerädert.

Marita ist wegen übermorgen im Club mulmig zumute. Ein bisschen hofft sie noch auf einen Kompromiss von Beate wie ohne Hemdchen, aber mit BH und Höschen, oder freie Wahl, ob mit oder ohne Dessous. Beate hat ihr ein Wickeltuch für unten vorgeschlagen, aber da fühlt sie sich genauso nackt. Netzanzug wäre zugelassen, aber das findet Marita billig.

Nachdem die Kinder aus dem Haus sind, grübelt sie noch eine weitere Stunde, dann ruft sie Julia an und erklärt ihr, dass sie es doch nicht kann, sie wird nicht mehr im Club arbeiten, wenn der Dessous Tag entfällt.

Julia ist entsetzt, denn Beate würde ihr die Schuld geben, sie für unfähig erklären.

Julia drängt deshalb, redet auf Marita ein

„du brauchst doch das Geld und musst dann eben dafür wieder in die Modelwohnung kommen. Beate macht sich Sorgen um deine Stammgäste, die sonst vielleicht wegbleiben"

Marita ist verärgert, den beiden geht es doch immer nur ums Geschäft, Gefühle sind ihnen   anscheinend total egal. Sie verspricht Julia, es sich heute noch einmal in aller Ruhe zu überlegen, verweigert gleichzeitig, sich heute mit Julia zu treffen. Sie möchte sich ganz allein alles überlegen und entscheiden, nicht beeinflusst werden.

Julia redet weiter auf Marita ein

„Beate kennt namentlich den Klaus. Den wirst du informieren, ihr kennt Eure Telefonnummern!"

Marita hatte es ja geahnt, dass Beate Bescheid wusste, aber die Gewissheit sticht doch ein bisschen. Klaus ist bis nach Ostern in Amerika. Von anderen hat sie keine Telefon-Nummer und Peter hat sie nie namentlich erwähnt, Beate kennt ihn also nur vom Sehen, ohne die enge Beziehung wirklich erkannt zu haben. Marita atmet schwer, dann wird sie wohl in die Modelwohnung gehen, weil sie die Einnahmen braucht, wenn es auch weniger ist, weil sie dort so viel abliefern musst. Sie muss Einnahmen haben, jetzt hat sie das Auto. Sie braucht auch einen Ansatz, um ihre Einnahmen durch Peter gegenüber Beate und den Kindern zu erklären, ohne Peters Unterstützung zu erwähnen.

An ihrem nächsten Arbeitstag dort kommt nachmittags wie üblich Peter für drei Stunden zu ihr in die Modelwohnung. Er bemerkt sofort, dass sie niedergeschlagen, nachdenklich, fast abwesend ist.

Als sie dann nackt, eng umschlungen auf dem Bett liegen, drängt Peter sie, über ihre offensichtlichen Probleme mit ihm zu sprechen. Und dann bricht es aus Marita heraus, es ist eine erlösende Entlastung für sie. Peter hört geduldig zu, stellt ein paar Fragen.

Beide beschäftigt heute nichts anderes, immer wieder beleuchten sie Maritas Lage.

Marita wirkt sehr nachdenklich. Es ist aber völlig klar, dass sie die Beziehung zu Peter aufrecht erhalten möchte. Sie ist andererseits trotzdem sehr ärgerlich, dass sie so sehr von einzelnen Personen abhängig ist wie jetzt von Beate und Peter, dass sie keine wirklich freie Entscheidung hat.

Beate entscheidet ohne jede Rücksicht über den Dessous-Tag. Marita ist also gezwungen wieder die Tage in der Modelwohnung eingesperrt zu verbringen. Es ist so erniedrigend im Wartezimmer und man kann den unangenehmen oder schmutzigen Männern nicht ausweichen.

Peter erklärt ihr, dass er sehr gern sehen würde, wenn sie nicht mehr in die Modelwohnung müsste, dass er sehr gern allein für sie sorgen würde, aber es doch seine Möglichkeiten übersteigt. Er gibt ihr derzeit mehr als die Hälfte seines Einkommens und das spätestens dann nicht mehr in dem Umfang geht, wenn er Rentner ist.

Peter bedauert sie als die eigentlich Betroffene sehr, für ihn ist es einfacher, er ist zwar auch betroffen, aber ganz anders. Er möchte Marita signalisieren, dass er ihre Lage sehr intensiv mitempfinde. Er trage jede Ihrer Entscheidungen mit, solange er auch etwas davon habe.

Er hofft sehr, dass ihre Beziehung fortbesteht und dass sie sich auch ein bisschen darüber freut.

Zu beidem meint Marita sehr spontan „auf jeden Fall"

Peter schlägt dann vor, die Arbeit in der Modelwohnung weiter raus zuschieben und stattdessen eine Übernachtung mit ihm zu planen. Marita zögert etwas, Beate noch länger zu vertrösten. Aber sie will es sich überlegen.

Sie sprechen darüber, dass Beate bei der Modelwohnung sehr gut Maritas Einnahmen abschätzen könnte, weil sie die Hälfte abgeben muss. Allerdings geben eigentlich alle Gäste auch noch Trinkgeld.

Marita teilt am nächsten Tag Beate und Julia mit, dass sie endgültig nicht mehr kommen wird, weder in den Club noch in die Modelwohnung. Sie werde sich eine Arbeit suchen. Sie verrät den beiden nicht, dass sie zunächst von Peter unterstützt wird.

Marita und Peter treffen sich nun mindestens einmal in der Woche zum Essen mit Einkaufsbummel und einmal im Monat am späten Nachmittag für ein paar Stunden in einem Hotel.

Nach ein paar Wochen erzählt Marita ihm, dass eine Bedienung aus dem Club angerufen hat. Ab dem Tag war doch wieder Dessous-Tag und es war nur ein Mädchen da, sie sollte unbedingt wieder kommen. Aber sie will nicht mehr, hat innerlich damit abgeschlossen. Sie spricht von einer Auszeit und habe Beate über Julia sagen lassen, sie hätte jemanden in B. kennengelernt. Peter freut sich sehr für sie und mit ihr, dass sie konsequent bleibt und dass es für ihn auch sehr schön ist, wenn sie dort nicht mehr arbeitet. Auch mit Julia trifft sie sich jetzt wieder häufiger, etwas gemeinsam zu unternehmen.

Da Julia auch immer mal gern im Club vorbeischaut, um mit den Mädchen zu reden, kann Marita es dann nicht vermeiden, auch mal dabei zu sein vor oder nach einem Einkaufsbummel.

Marita wird von den Frauen dort immer wieder darauf angesprochen, wieder zu kommen. Es würden so viele Gäste nach ihr fragen.

Ob sie stark bleibt?

Beate denkt zurück

Beate stieg tief in Gedanken verloren aus dem Taxi, fast hätte sie das Bezahlen vergessen. Sie erwiderte dann kaum den Gruß der Empfangsdame und verschwand gleich in ihrem Büro. Sie dachte über die ganzen Verwerfungen nach zwischen Julia, Marita und deren Stammgästen. Sie konnte sich nicht wirklich auf Julia verlassen. Der war jetzt seit Monaten der Betrieb hier völlig egal. Es schien ihr von Tag zu Tag abwegiger, Julia zu ihrer Nachfolgerin und Erbin zu machen. Marita war da ganz anders, verlässlich und beliebt bei Gästen und Kolleginnen. Sie wäre die Richtige. Aber sie war nicht ihre Nichte, und sie konnte doch Julia nicht einfach fallen lassen.

Beate dachte zurück an die Gründung dieses Clubs. Sie hatte damals drei Modelwohnungen betrieben, das Geschäft lief gut, war übersichtlich und Beate war zufrieden. Dann kam plötzlich eines Tages Herbert, der Stammgast von Birgit bei ihr vorbei und machte ihr das Angebot, geschäftsführende Teilhaberin in dem Club zu werden, den er eröffnen wollte. Sie brauche sich um nichts zu kümmern hinter dem eigentlichen Betrieb, Herbert würde die Verwaltung machen, sie müsse sich nur um die Mädchen und die Abläufe kümmern. Das klang verlockend, schien finanziell nur Vorteile zu haben. Alle Nachteile, so es welche gäbe, wären bei Herbert.

Gut, das Risiko mit kriminellen Zuhältern und Zwangsprostitution durch diese läge natürlich bei Beate, denn sie müsste weiter das Anwerben und die Auswahl der Mädchen organisieren. Da müsse sie halt auf der Hut sein, mit wem sie Vereinbarungen trifft. Aber das hätte sie ja all die Jahre mit ihren Modelwohnungen gut im Griff gehabt, das beherrsche sie ja.

Zum ersten Mal in ihrem Leben ist Beate ratlos, ja auch verärgert, dass sie abhängig ist, nicht mehr die alleinige Entscheiderin. Obwohl Julia und Marita jetzt eigentlich ihr kleineres Problem sind, will sie das noch einmal in Angriff nehmen und lösen, sie braucht unbedingt das Gefühl, das Heft wieder in der Hand zu haben. Sie redet bei nächster Gelegenheit auf Julia ein. Die soll erreichen, dass Maritas neuer Stammgast eifersüchtig auf andere wird. Sie solle Marita drängen, dass sie Peter beim Einkaufsbummel richtig ausnehmen soll, damit er vielleicht von ihr lässt.

Sie soll gemeinsame Treffen mit Marita und Udo machen und versuchen, Marita eifersüchtig auf ihn zu machen, damit sie aus Liebe zu Julia doch wieder in den Club kommt. Sie solle mit Marita einkaufen gehen, ihr möglichst alles bezahlen, damit abhängig machen. Das Geld dafür würde Julia von ihr bekommen. Sie solle mit Hinweis auf die Kinder Maritas langfristige Versorgung in Frage stellen, denn mit zunehmendem Alter würde erfolgreiches Anschaffen immer schwieriger. Marita soll einfach die Erkenntnis gewinnen, dass die enge Beziehung zu Julia und Beate und damit verbunden die weitere Mitarbeit ihre einzige Chance ist, über die Runden zu kommen, mindestens bis die Kinder groß sind.

Beate ahnt nicht, dass Julia gerade kein leuchtendes Vorbild ist für das Ausnehmen eines Stammgastes. Sie ist gerade zerstritten mit Udo, bekommt deutlich weniger Geld zur Zeit von ihm

Wenn das ganz auseinandergeht, müsste sie wieder im Club arbeiten. Mindestens so lange, bis sie einen neuen Stammgast gefunden hat, der sie „rausholt". Marita bekommt das alles mit, weil Julia sich einfach aussprechen muss und damit die Vorgaben von Beate ganz und gar nicht einhält. Natürlich macht sich Marita Gedanken über ihre Abhängigkeit von Peter. Sie will aber auf keinen Fall wieder im Club arbeiten. Dann kommt auch noch ein Anruf von Beate, die wohl Julia nicht vollkommen traut.

Sie möchte Maritas Adresse, um sie schriftlich zu ihrem Geburtstag einzuladen. Sie hat auch gleich den Club wieder angesprochen.

Marita erwidert

"im Moment nicht" und fügt hinzu „man soll allerdings niemals nie sagen"

denn sie möchte Beate nicht total verärgern. Beate war es dann wichtig, dass sie mit Marita wenigstens privat in Kontakt bleibt. Das sagt Marita zu.

Dieser Rückhalt ist auch für sie wichtig, auch wenn sie sehr selbstbewusst gegenüber Beate auftritt.

Ohne die tiefgründigen Unterhaltungen mit Peter, seine Offenheit gegenüber ihrer Lage, sein Mut machen würde sie nicht so klar ihre Einstellung gegenüber Beate vertreten, sie fühlt sich sicher mit Peter als Partner zum Aussprechen.

Marita abhängiger machen

Beim letzten Treffen auf Beates Party hat die sich direkt neben Marita gesetzt. Beate hat sie ausgefragt, wovon sie lebt, soviel Rücklagen könnte sie doch nicht haben. Marita sagte darauf, sie hätte jemand in B. kennengelernt, der sie unterstützt. Auf Beates Frage, was derjenige beruflich macht, ist ihr "Wissenschaftler" raus gerutscht. Sie konnte und wollte natürlich nicht sagen, wo Peter arbeitet und hat dann geschwind eine pharmazeutische Firma aus dem Raum B. genannt.

Marita wird von Beate total verunsichert mit dem Hinweis, dass man für alles Steuern zahlen muss, sie also für das Geld von ihrem Bekannten mindestens Schenkungssteuer zahlen müsse.

Auf der Party sind so viele Frauen aus dem Club anwesend. Es wirkt alles so unwirklich für sie, wenn die mit ihr reden. Das ist für sie alles schon so lange her.
Eine hat ihr erzählt, dass immer noch viele an „ihrem" Tag anrufen und nach ihr fragen.
Marita fragt sich immer wieder, wie lange sie so wie jetzt leben kann und muss. Sie muss mindestens noch 7 Jahre durchhalten, bis ihre Tochter 18 wird.
Auch Beate spricht sie immer wieder an, dass noch Kunden nach ihr fragen und ein besonders netter und gutsituierter hätte intensiv gefragt. Beate drängt, ob sie nicht doch wieder, wenigstens einmal

im Monat kommen will. Aber Marita will nicht, sie glaubt, damit endgültig abgeschlossen zu haben. Dabei hofft sie unbewusst inständig, dass Peter sie weiter in dem Maße finanziell unterstützt, unterstützen kann und will.

Trotz aller Zweifel und dem Willen, sich von all dem zu lösen, hat Marita die Einladung von Beate angenommen, auf deren Kosten zusammen mit ihr und Julia in den Urlaub zu fliegen. Marita und Julia hatten ein Doppelzimmer zusammen, stritten sich aber ständig und sexuell lief auch nichts. Julia erfüllt damit ganz und gar nicht die Erwartungen ihrer Tante, obwohl es gerade deswegen kracht. Denn Julia versucht knallhart, die Beziehung zu Peter schlecht zu reden, sie möchte, dass Marita sich von Peter löst, um den Auftrag von Beate zu erfüllen.

Sie bezeichnet es als Dummheit, wenn Marita auf Peters Gefühle Rücksicht nehmen würde, was die aber gern tun möchte, gegenüber Julia aber nicht zugeben will.

Julia hat Beate darauf aufmerksam gemacht, dass sich der Augenarzt, zu dem sie und Marita immer gehen, brennend für Marita interessiert, ihr Komplimente macht, sie in der Praxis einstellen will und wohl mehr erhofft. Beate gibt ihr sofort den Auftrag, eine Beziehung zwischen den beiden zu verhindern, sie möchte unbedingt jede Ausstiegschance für Marita verhindern, um sie abhängig zu halten.

Beide machen sich unnötig Sorgen. Marita denkt zwar darüber nach, dort eine Teilzeitstelle anzunehmen, um finanziell unabhängiger zu werden, aber sie findet den Mann widerlich, würde jede Annäherung oder sogar mehr aufs schärfste zurückweisen. Sie geht deshalb ohne Julias Wissen zu einem Gespräch in die Praxis, ist sich danach aber total sicher, dass sie dort niemals hingehen wird. Als sie das Julia erzählt ist die sichtlich erleichtert. Das wundert Marita, denn hatte Julia nicht immer davon gesprochen und sie sogar gedrängt, sich einen betuchten Mann zu suchen.

Was hatte sich geändert?

Was Julia und Beate nicht wussten, Marita hatte auch alles mit Peter besprochen und ihn beruhigt, dass sie sich nach Sympathie, nicht nach Geld entscheiden würde.

Als Julia das erfährt, bekommen die beiden wieder heftigen Streit.

Julia ist sehr unzufrieden, Udo sei ihr zu ungebildet, aber er versorgt sie eben. Marita findet, Julia könnte damit eigentlich sehr zufrieden sein, auch wenn sie ihn angeblich nicht liebt. Aber Julia will immer hoch hinaus, eher Richtung Jetset, Nobelrestaurants. Mit Marita Fußball schauen im Biergarten findet sie unter ihrem Niveau. Darüber ärgert sich Marita, auch darüber, dass Julia immer Baby oder Kindchen zu ihr sagt. Heute sagt Juli dann im Streiten plötzlich „billige Nutte" zu Marita, weil die sich keinen reichen Freund sucht. Im Eifer des Gefechts vergisst Julia ganz, dass sie ja den gegenteiligen Auftrag von Beate hat, nämlich Marita abhängig zu halten. Wenn schon einen, der Marita versorgt, dann einen, der Beate wohlgesonnen ist und ihr Marita lässt. Für Marita kommt hinzu, dass sie eifersüchtig ist, nach wie vor an Udo leidet. Die Beziehung zu Julia war vorher jahrelang so exklusiv. Marita ist sauer, dass Julia ihm Dinge von sich und ihrer Jugend erzählt, die bisher angeblich nur Marita gewusst hat. Marita ärgert es, wenn Julia nach einem Besuch der Mädels im Club sagt, keiner hätte nach ihr gefragt. Was soll das?

Marita liebt Julia immer noch sehr, will sie exklusiv zurückhaben, spürt aber, dass die ein anderes Leben will.

Sie macht sich Hoffnungen, weil es wieder viel Ärger zwischen Julia und ihrem Freund gibt. Marita findet ihn schon sehr komisch, schnell beleidigt, ganz unberechenbar, reist schnell mal ab, beteiligt sich nicht am Gespräch, macht versprochene Erledigungen nicht, weil er wegen irgendetwas beleidigt ist. Er mag es auch überhaupt nicht, wenn sie sich zu Dritt treffen, er scheint eifersüchtig auf sie zu sein. Marita ist der Meinung, dass man Menschen nicht ändern kann, während Julia noch daran glaubt.

Beate wird ungeduldig

Als Marita damals kurz vor der Entscheidung gegen den Dessous Tag im Club ankam, saß nicht wie üblich die dunkelhaarige Kerstin am Empfang, sondern eine ihr unbekannte, jüngere, blonde Frau, die sich mit „Ingrid, ich bin die Neue hier,, vorstellte. Marita stellte keine Fragen, das war in dieser Umgebung immer heikel, sie würde drinnen die anderen fragen. Dort erfuhr sie dann, dass Ingrid Herberts Tochter sei, er wollte wohl alles besser unter Kontrolle haben, Ingrid war sozusagen sein verlängerter Arm. Beate sei seit ein paar Tagen nicht mehr hier gewesen. Kurz ging Marita durch den Kopf, dass dann wohl Julia nicht mehr als Nachfolgerin von Beate in Frage käme. Irgendwie stellte sich ihr alles so dar, als würde Beate langsam ausgebootet oder war schon raus. Ob Julia das klar war? Sie war ja in letzter Zeit so selten und dann nur noch kurz hier. Vielleicht war es ihr egal, sie glaubte sich mit ihrem Udo abgesichert. Jetzt fiel Marita auch auf, dass Beate sich die Tage gar nicht wie üblich gemeldet hatte, um mit ihr und Julia Essen oder ins Kino zu gehen.

Beate hatte sich langsam damit abgefunden, dass Marita nicht ihren Plänen und Wünschen folgt. Beate ist aber in einem solchen Fall immer schnell entschlossen und einfallsreich und geht einen anderen Weg. Sie bedrängt nun Julia, sie solle sich von Marita lösen, eine neue Freundin für privat und natürlich für den Club suchen. Sie malt wieder in schönsten Farben, dass Julia sie beerben könnte als Club-Leiterin, aber das würde sie nur in die Wege leiten, wenn Julia diese neuen Wünsche auch erfüllt.

„gib Marita auf, nutzlos, werde sie los, sie ist zu alt"
Julia ärgert sich, schließlich ist sie noch zwei Jahre älter.

Gegen die Wünsche von Beate hält sie zu Marita, unterstützt sie finanziell, was die aber oft ablehnt. Julia spürt, dass sie Marita wirklich sehr gern hat, es eine echte Freundin ist, die immer für sie da ist. Es tut ihr ein wenig leid, wie sie immer auf Wunsch von Beate mit Marita umgesprungen ist.

Sie lädt Marita zu einem Einkaufsbummel ein in der Nähe vom Club. Julia will dann unbedingt die Mädels im Club besuchen, sie macht das oft, ist aber auch ein wenig getrieben von ein bisschen Hoffnung, das Marita wieder Lust darauf bekommen könnte, allein wegen des Geldes, und überredet sie, auf jeden Fall mitzukommen. Erst gehen sie in die Modelwohnung, dann in den Club. Marita wird herzlich begrüßt
Marita ist es sehr komisch zumute, allein der Geruch beim Reinkommen, irgendwie ganz unwahr, irgendwie unglaublich, auch mal dort gewesen zu sein.
Die Mädchen tun ihr leid, es war kein einziger Gast anwesend, sie werden also nichts verdienen. Gleichzeitig war sie froh, dadurch keinem bekannten Gast zu begegnen oder angesprochen zu werden.

Natürlich wird sie von den Angestellten angesprochen, wann sie wieder kommt, nachdem es jetzt den Dessous-Tag wieder gibt. Aber Marita ist sich ganz sicher, dass sie dort nie wieder hin gehen will, dass sie damit abgeschlossen hat. Lieber mal knapp bei Kasse oder sogar hungrig sein als wieder dorthin gehen. Sie gehörte nicht zu den Mädchen, für die der Aufenthalt dort ein Spaß ist, ein Spiel mit der Geilheit der Männer.

Kurz danach trennt sich Julia von Udo, arbeitet wieder häufig im Club und versucht, sich schnell wieder einen neuen Stammgast zu suchen, der sie finanziert und von der Club-Arbeit befreit. Julia hatte lange zunehmend heftigen Streit mit Udo, aber sie zog zunächst keinen Schlussstrich, da sie abhängig von ihm war. Marita macht das sehr traurig und nachdenklich. Sie weiß, dass sie auch sehr von Peter abhängig ist.

Herberts Machenschaften

Julia rief bei Marita an, sie klang sehr aufgeregt. Der Club und die Modelwohnungen seien heute von der Polizei geschlossen und versiegelt worden. Beide Gebäude und Herberts Privathaus würden einer Hausdurchsuchung unterzogen wegen des dringenden Verdachts von Steuerhinterziehungen, der Geldwäsche und der Beihilfe zum Menschenhandel, zur Zwangsprostitution und Zuhälterei und Verstößen gegen das Prostitutionsgesetz.
Die Polinnen und Rumäninnen waren wohl doch nicht ganz freiwillig da.

Deshalb war Herberts Tochter Ingrid also nun seit einem halben Jahr am Empfang, es ging weniger um Kontrolle als um Betrug im großen Stil. So konnte Herbert über gefälschte Einnahmen umfangreiche Geldwäsche betreiben und Investoren bei der Steuerhinterziehung unterstützen.

In Marita fand ein Gefühlssturm statt zwischen dem guten Gefühl, nie wieder zur Mitarbeit im Club gedrängt zu werden, und der Sorge, finanziell keine dauerhafte Lösung zu finden.
Für Julia brach eine Welt zusammen. Sie hatte sich zwar gerade wieder mit ihrem Freund vertragen, aber wie lange würde das halten? Und es bereitete ihr körperlichen Schmerz, dass es wohl nun nichts mehr würde mit einem Beerben von Beate und einem finanziell sorgenfreien Leben.

Beate saß daheim vorm Fernseher, ohne etwas vom Programm mitzubekommen. Ihr Kopf war leer, da war nur ein dumpfes Gefühl, rettungslos betrogen worden zu sein um ihr Vermögen, ihr Lebenswerk, ihre Altersvorsorge. Zusätzlich hatte sie sich ahnungslos vielleicht sogar strafbar gemacht bei den Verträgen mit den Mädchen.

Sie machte sich wenig Hoffnung, dass sie noch einmal vom Club profitieren könnte.

Beate fühlte sich nicht nur völlig hilflos, sondern auch alt, hatte keine Ideen, keinen Schwung mehr.

Die immer so stolze, kommandierende Beate war nur noch ein Häufchen Elend.

Die sonst immer so strengen, befehlenden Augen wirkten völlig leer in die Ferne gerichtet.

Ihr sorgsam über viele Jahre gepflegtes Spinnennetz aus Beziehungen und Abhängigkeiten, allein nach ihrem Willen, war zerrissen, die Spinne Beate stürzte ab. Sie war nicht die Spinne, die das Männchen fraß, sondern die Spinne, die vom Männchen gefressen wurde. Mit der Zerstörung des großen Spinnennetzes fiel auch ihr kleines, bisher scheinbar so stabiles Spinnennetz zusammen. Sie fühlte keinen Drang mehr, keine Kraft in sich, ein neues Netz spinnen zu können, sie war einfach unendlich müde.

Ein bisschen Hoffnung hatte sie nur, dass Ludwig einiges von ihrem Vermögen retten oder raus halten konnte und er nicht auch vollkommen in Herberts Strudel geraten war.

Links und Kontakt zur Autorin:

www.greatgreen.de

eMail: petra.dannig-orack@greatgreen.de